원 마일 클로저

제임스 후퍼의 행복한 도전

One Mile Closer

원 마일 클로저

제임스 후퍼 지음

다산
책방

나보다 앞서 먼 여행을 떠난 친구들에게 이 책을 바칩니다.
롭 건틀렛, 제임스 앳킨슨, 본 홈, 잭 허튼 포츠.
당신들은 나를 격려해주었고, 영감과 배움을 주었습니다.
감사합니다.

For my friends who journeyed on ahead,
Rob Gauntlett, James Atkinson, Vaughan Holme & Jack Hutton-Potts.
You inspired me, encouraged me, and taught me. Thank you.

"For what is it to die but to stand naked in the wind
and to melt into the sun?
And what is it to cease breathing but to free the breath from its restless
tides, that it may rise and expand and seek peace unencumbered?

Only when you drink from the river of silence shall you indeed sing.
And when you have reached the mountain top,
then you shall begin to climb.
And when the earth shall claim your limbs,
then shall you truly dance."

Kahlil Gibran, 『The Prophet』

"죽는다는 것은 무엇인가?
그저 바람 속에 알몸으로 서 있는 것이자,
태양 속으로 몸이 녹아드는 것일 뿐.
숨이 멈춘다는 것은 무엇인가?
그저 끊임없이 흐르는 물결에서 벗어나
숨이 자유로워지는 것이자,
날아오르고 부풀어 올라 아무런 장애물 없이
신을 찾아가는 것일 뿐.
그대는 침묵의 강물을 마신 후에야 진정한 노래를 부를 것이며,
산꼭대기에 이른 후에야 비로소 올라가기 시작하리니.
그리하여 그대의 팔다리가 땅의 것이 된 후에야,
그때에야 비로소 그대는 진실로 춤추게 되리라."

칼릴 지브란, 『예언자』 중

2014년 여름, 저는 감사하게도 한국의 한 TV 프로그램에 패널로 출연하게 되었습니다. 당시 저는 경희대에서 지리학을 공부하며 서울에서 4년째 사는 중이었습니다. 한국에서 사는 동안 한국어를 배우며 풍부하고도 다채로운 문화를 만날 기회를 갖게 되었고 한국이라는 나라와 사랑에 빠졌습니다. 그래서 한국어를 구사하는 여러 외국인들이 한국의 다양한 이슈에 대해 토론하고 고국의 문화와 비교도 할 수 있는 〈비정상회담〉에 흔쾌히 참여하게 되었습니다.

다양한 토론을 통해서 제2의 고향인 한국에 대해 의견을 말할 수 있는 기회를 얻었고, 두 문화 간의 차이에 대한 이야기도 할 수 있었습니다. 한국은 저를 기꺼이 그들의 일원으로 받아들이고, 그들의 삶에 대해 가르쳐줬으며, 제게 새로운 관점을 가지게 해주었습니다. 이 책을 읽으시는 여러분도 여기 담긴 저의 이야기를 통해서 또 다른 눈으로 세상을 볼 수 있게 되기를 진심으로 바랍니다.

프로그램 3회 '현실보다 꿈이 우선! 정상인가? VS 비정상인가?' 편에서 저는 에베레스트를 등반하고, 북극에서 남극까지 무동력으로 종주하는 등 탐험이라는 꿈을 품고 이루는 과정에서 제가 배운 '세 가지(3steps)'에 대해 이야기했습니다. 많은 분들이 제 이야기에 공감해주셨고, 자신만의 꿈을 성취해나가는 과정에 디딤돌로 삼겠다는 감동적인 메시지들을 보내주셨습니다. 몇 개월 후, 설 특집으로 프로그램을 다시 찾았을 때 꿈과 관련된 또 다른 '세 가지'에 대해 말할 수 있었습니다. 이번에도 긍정적인 반응과 정말 많은 메시지들을 보내주셨습니다.

여러분의 메시지가 바로 이 책을 쓰게 된 계기입니다. 저의 '세 가지'가 어떠한 경험들과 과정을 통해 만들어졌는지 하나하나 함께 들여다보고 싶었습니다.

책에는 프로그램에서 말씀드린 '세 가지' 시리즈 외에, 또 다른 세 가지를 더하였습니다. 이 책을 통해 현재 제가 갖고 있는 믿음과 가치, 이를 형성하게 해준 값진 경험들과 진짜 저의 이야기들을 여러분께 들려드리고 싶습니다.

독자 여러분께

꿈을 이루기 위해 "반드시 이렇게 하세요"라는 말을 하려는 것은 아닙니다. 제 삶과 탐험을 통해 발견한 가장 중요하다고 생각되는 마음가짐을 여러분과 나누고 싶습니다. 여러분은 책을 읽으면서 제 경험으로부터 다른 결론을 이끌어낼 수도 있고, 또 저와는 완전히 다른 의견을 가지게 될 수도 있습니다. 저는 여러분의 다양한 관점을 존중하며, 독자들과 이런 생각에 대해 더 많이 소통하고 토론할 수 있게 되기를 희망합니다.

더불어 여러분의 삶에 유용한 무언가를 찾는 데 제 이야기가 미력하나마 힘이 되었으면 합니다. 그리고 여러분이 꿈꾸는 삶을 살 수 있도록 용기를 북돋아줄 수 있게 되기를 진심으로 희망합니다.

특히 이 책을 통해 저의 가장 친한 친구이자 탐험 파트너인 롭 건틀렛을 소개할 수 있게 된 것을 매우 영광으로 생각합니다. 롭과 저는 중학교에 들어가던 열세 살 때 처음 만나 금방 친구가 되었습니다. 그는 늘 장난기 어린 미소를 머금고 영리한 농담을 쉴 새 없이 해대는, 주변에 있는 그 누구라도 좋아하게 만드는 매력 넘치는 친구였습니다.

롭은 이 책에 실린 제 이야기에서 가장 중심적인 역할을 하며, 제 인생 최고의 순간들을 함께한 친구입니다. 그리고 그의 과감한 결단력과 포기할 줄 모르는 정신력이 없었더라면 저는 감히 '모험가'라는 수식어를 달지 못했을 것입니다.

　이 모든 여정의 출발은 그로부터 시작되었고, 그의 격려와 뜨거운 우정이 저를 지금 이 자리까지 올 수 있게 만들었습니다.

　여러분 또한 삶에 대한 열정과 꿈을 성취하기 위해 노력을 아끼지 않았던 제 가장 친한 친구 롭을 알아가는 과정에서 저만큼이나 감동받고 용기를 얻게 되시기를 바랍니다.

제임스 후퍼
James Hooper

『원 마일 클로저』를 번역하며

　　　　제임스를 처음 만났을 때가 아직도 생생하게 기억납니다. 미리 전해 들은 화려한 이력과는 다르게 너무나 평범한 사람이라 놀라웠었죠. 만나는 동안 줄곧 '모험가라는데, 위험한 일이라도 당하면 어쩌냐?'라는 주위의 걱정 어린 시선도 많이 받았습니다. 하지만 그가 신중하고 철저하게 준비하는 성격이라는 것을 알았으므로 크게 걱정하진 않았습니다. 제임스의 이야기는 그래서 가치있는 것이 아닐까 싶습니다. 그는 엄청나게 대단한 일을 해낸 슈퍼맨 같은 사람이 아니라, 긴 시간 동안 찬찬히 준비해 그저 한 걸음씩 나아간 평범한 청년일 뿐입니다.

그의 이야기를 다른 언어로 옮기는 작업이 쉽지만은 않았습니다. 하지만 그가 쓴 문장들을 따라 에베레스트 정상에 서기도 하고, 그린란드의 차가운 바닷물 속에 빠지기도 하고, 뜨거운 사막길에서 끊임없이 페달을 밟기도 하고, 망망대해에서 표류하기도 하고, 또 소중한 사람들의 죽음을 맞는 순간을 지켜보기도 했습니다. 제가 몰랐던 시절의 그를 만나 울기도 하고 웃기도 하며 한 사람에 대해 더욱 깊이 이해할 수 있는 시간이 되었습니다.

제임스는 오래 전부터 자신의 모험을 책으로 엮어내고 싶어 했습니다. 폴투폴 탐험 중 그는 하루도 빠짐없이 일기를 썼습니다. 그런데 짐가방을 잃어버리는 바람에 소중한 일기장도 함께 없어졌습니다. 다행히 수많은 사진과 영상으로 기록한 순간들이 남아 있어, 이 책을 통해 많은 사람과 공유하게 되었습니다.

그는 모험을 혼자 한 것이 아닙니다. 수많은 사람들과 함께 이루어냈기에 그들의 기억과 시선을 담기 위해서도 노력했습니다. 학교 선생님, 자전거를 좋아하는 친구들, 착실한 회사원, 항해사, 누군가의 아빠 혹은 엄마……. 그가 모험을 할 수 있도록 용기를 준 사람들은 주위에 있는 평범한 사람들로, 어쩌면 우리 자신인지도 모릅니다. 솔직하게 써내려간 그의 여정에서 여러분도 동감할 수 있는 부분을 찾기 바랍니다.

우리 두 사람의 영감의 원천이 되고 있는 우간다의 나랑고 중고등학교와 함께 이 책의 출간을 축하하고 싶습니다.

2015년 8월, 호주에서
제임스 후퍼의 아내 이정민

「원 마일 클로저」를 번역하며

제임스와 친구가 된 건 약 4년 전이었습니다. 처음 만났을 때 자연과 모험, 그리고 그것들이 주는 가치에 대해 시간 가는 줄 모르고 대화를 나눴던 기억이 납니다. 앳된 외모와 호리호리한 체격의 이 친구가 영국 최연소로 에베레스트에 오르고, 말로만 듣던 내셔널 지오그래픽이 수여하는 '올해의 모험가' 상을 수상했다는 것을 알고 깜짝 놀란 기억도 납니다.

제임스가 의도했든 아니든, 저는 이 멋진 친구에게 많은 영감을 받아왔습니다. 저도 모르게 제임스 책에 있는 조언처럼 계획을 세워서 크고 작은 도전들을 실천하고, 친구들에게 계획에 대해 말해서 많은 도움을 받고 있었습니다.

제임스와 한 챌린지(Han Challenge), 원 마일 클로저(One mile closer) 2012/2014 등을 함께하며 그에 대해 더 잘 알게 되었습니다. 그렇게 인연이 이어져 현재는 JNS 매니지먼트라는 회사를 함께 만들었고, 또한 제임스의 책도 번역할 수 있게 되어 영광으로 생각합니다.

제임스와 공유한 내용 중 가장 크게 공감하는 것은 바로 '우리의 미래는 아이들의 교육에 달려 있다'는 것입니다. 자라나는 아이들에게 가장 중요한 교육은 그들이 살아가는 데 필요한 지식과 가치입니다. 우리가 살아가는 자연 속에서 다양한 아웃도어 활동을 하는 것은 그 어떤 교육보다도 중요하다고 생각합니다. 독립적인 사고와 리더십을 키우고, 어려움에 부딪혔을 때 차분함을 유지하며, 문제를 파악하고 해결하는 능력은 사방이 막힌 교실에서는 얻을 수 없는 것입니다.

제임스와 고인이 된 그의 친구 롭은, 자신들이 이루어온 일들에 비해 비교적 단순한 메시지를 우리에게 던집니다. 누구든 자신만의 '작은 모험'을 시작할 수가 있다는 것입니다. 계획을 세우고(step1), 자신의 계획을 주위에 알리고(step2), 그리고 실행하는 것(step3)입니다.
그 계획이 크든 작든 중요하지 않습니다. 또한 중간에 그만 두더라도 실패가 아니라는 것을 기억해야 합니다. 다음 도약을 위한 리허설일 뿐입니다.

자, 이제 영국에서 온 우리의 친구 제임스가 겪은 모험의 세계로 여러분도 떠나보세요. 이 책을 읽고 난 후에는 여러분도 당장 모험가가 될 수 있다는 사실을 깨닫게 될 겁니다.

2015년 8월, 사무실에서 박세훈

「원 마일 클로저」를 번역하며

ONE·MILE·CLOSER

Contents

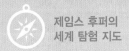
제임스 후퍼의
세계 탐험 지도

RUSSIA

EUROPE

ENGLAND

MIDDLE
EAST

ASIA PACIFIC

KOREA

NEPAL

AFRICA

Nalango School

AUSTP

NORTH
AMERICA

SOUTH
AMERICA

ANTARCTICA

SCOTLAND

NEWCASTLE UPON TYNE

YORK

MANCHESTER

LIVERPOOL

WALES

OXFORD

LONDON

Christ's Hospital School

| chapter 1 |

한 걸음
한 걸음씩

STEP BY STEP

DREAM

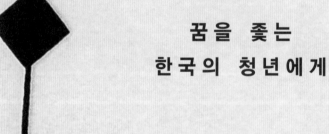

꿈을 좇는
한국의 청년에게

STEP 1

첫 번째는 단계별로
차근차근 노력하는 것입니다.

만일 여러분이 내일 당장
에베레스트를 오르겠다고 다짐한다면
그것은 불가능합니다.

하지만 실내 등반과 같은 작은 실천을 통해
조금씩 오르는 것은 쉽습니다.

그러고 나면 어느새 여러분의 꿈이
이루어진 것을 깨닫게 될 것입니다.

– 〈비정상회담〉에서 제임스 후퍼

한 걸 음 한 걸 음 씩

대부분의 학교가 그렇듯 내가 영국에서 다닌 학교는 새로운 것을 배우고 시도할 수 있는 기회가 많은 곳이었다. 신문 편집부, 육상부, 요리 클럽, 기찻길 모형 제작 그룹 등 학생들의 다양한 관심사를 충족시킬 수 있는 특별 활동부들이 있었다. 그중에서도 나는 사이클링 클럽에 제일 관심이 많았다. 친구들 중 몇몇은 이미 사이클링 클럽에 속해 있었는데, 매주 수요일과 일요일 오후가 되면 형형색색으로 빛나는 유니폼을 입고 자신감에 가득 찬 미소와 함께 힘차게 페달을 밟으며 동네 어귀에 모습을 드러내곤 했다. 그러고 나면 몇 시간이고 앉아서 그날 그들만의 모험에서 있었던 무용담에 대해 신나게 떠들어대곤 했다.

사실 친구들의 화려한 무용담과는 다르게 이 사이클링 클럽은 전혀 '하드코어'한 모험을 하는 데가 아니었다. 60대의 조용하고 자상하신 독일어 선생님이 이끄는, 말하자면 자전거 기초반이라고 하는 게 더 어울렸다. 사이클링 잡지 표지에 실린 사진처럼 깎아지른 듯한 바위에 둘러싸인 험준한 계곡을 오르내리거나, 힘든 코스를 맹렬한 속도로 내달리는 일은 없었다. 그저 나지막한 언덕들이 이어지는 남부 영국의 시골길에서 부지런히 페달을 밟는 게 전부였다. 그런 클럽이 이 십 대 소년들을 매주 들뜨게 만드는 이유는 대체 무엇일까? 나는 이해할 수 없었지만 꼭 알아내고 싶었다.

그렇게 열다섯 살이 되던 해 클럽에 처음 가입했다. 나는 또래들보다 한참 늦은 늦깎이 신입생이었다. 다른 친구들은 열세 살에 시작해서 쉬지도 않고 꾸준히 실력을 쌓아온 베테랑들이었다. 게다가 몇 해 전 이미 이 사이클링 클럽을 거쳐 간 졸업생 선배들은 전설로 대우받고 있었다. '페달의 영웅'급인 이 선배들은 장거리 여행이 있을 때면 나타나 후배들의 페이스 조절을 돕거나, 문제가 생겼을 때 해결해주는 등 길잡이 역할을 했다.

처음 사이클링 클럽의 친구들과 훈련을 시작했을 때, 나는 수요일 오후의 20킬로미터 주행에도 나가떨어지곤 했다. 한 시간 반 동안 죽을힘을 다해 목적지에 도착하고 나면 방전된 체력을 보충하기 위해

챙겨둔 사탕이며 초콜릿을 허겁지겁 입속으로 털어 넣어야 했다. 장
거리 주행이 있는 일요일이면 어김없이 한계에 부딪혀야 했다. 일요
일에는 우리 학교가 있던 서섹스 지역의 구불구불한 길을 짧게는 30
킬로미터에서 길게는 70킬로미터까지 자전거로 달려야 했다. 끝이
없을 것같이 완만하게 이어진 긴 언덕길을 넘거나, 길 양쪽으로 줄지
어 선 나무들 사이를 시원하게 달렸다. 빠르게 지나가는 풍광 속에서
영국과 프랑스 사이의 바다가 빼꼼히 보이기도 했다.

처음 몇 달간은 자전거를 탈 때마다 내게 남아 있다고 생각할 수
없는 온갖 힘을 다 쏟아부어야 했다. 몇 번이나 도중에 멈춰 서서 호
흡을 고르며 후들거리는 다리를 달래고, 완주하지 못할 것 같다는 생
각을 지워버리려고 애썼다. 하지만 노련한 선배들과 그동안 차근차
근 훈련하며 경험을 쌓아온 친구들은 농담을 주고받으며 지친 기색
도 없이 내 옆을 지나쳤다. 땀 한 방울 흘리지 않고, 굳이 노력하는
것 같지도 않은데, 그들의 자전거는 왜 그리 쉽게 내달리던지.

지금 돌이켜 그때를 생각해보면 나는 어떻게 포기하지 않고 자전
거를 탔을까, 의아한 생각이 든다. 손바닥만 한 자전거 안장 위에서
짓무른 엉덩이와 온몸의 근육이란 근육들은 더 이상 일할 수 없다며
고통을 호소하고 있었다. 우리 클럽 구성원들은 서로 다른 실력을 갖
고 있었지만 하나의 팀이 되어 자전거를 탔다. 실력이 뛰어나 '이쯤

이야!' 하며 저만치 앞서 나갈 수 있는 친구든, 한참을 뒤처져 억지로 쫓아가고 있는 맨 뒤의 친구든 상관없었다.

좀 더 많은 경험과 실력이 있는 친구들은 더 약한 친구들이 완주할 수 있도록 격려하고 도와줘야 할 책임이 있었다. 물론 때로는 이기기 위한 경주도 했고, 승자와 패자가 나뉘기도 했다. 하지만 근본적으로는 모두에게 다른 사람을 돌봐야 할 책임이 있었기 때문에 서로가 서로를 돕는 환경이었다. 내가 이것을 온몸으로 느끼게 된 적이 있었는데, 그날은 전형적인 영국의 축축하고 몸이 으슬으슬 떨리는 겨울 날씨였다. 오후 4시면 해가 지는 바람에 이미 주위에는 어둠이 깔렸고 나는 여전히 길 위에 있었다. 그날 하루에만 벌써 아홉 번째 펑크가 났다. 친구들이 가져온 여분의 타이어까지 빌려 쓰도 없이 타이어 교체를 해야만 했다. 가랑비에 흠뻑 젖은 친구들은 분명 얼른 끝내고 집으로 돌아가 따뜻한 샤워와 맛있는 저녁, 우유를 살짝 탄 홍차를 마시고 싶은 생각이 간절했을 것이다.

하지만 여전히 느릿느릿 페달을 밟고 있는 내 옆에서 그들은 쉴 새 없이 농담을 던지며, 미안함에 얼굴을 들지 못하는 내게 격려의 말을 건넸다. 꼭 다 함께 완주할 수 있다는 사실을 계속해서 상기시켜주었다. 대참사와 같았던 최악의 주행을 마치고 목표지점에 다다랐을 때 왜 이렇게 늦게 도착했냐는 꾸지람을 예상하며 쭈뼛거리고 있었는데, 뜻밖에도 독일어 선생님은 나를 칭찬했다.

"정말 잘했다, 제임스! 오늘 무척 힘든 날이었는데. 이제 너도 강한 사이클리스트가 되었구나!"

'뭐? 내가 잘…… 했다고?'

그 이후에도 비슷한 상황이 수없이 생겼는데, '잘했다'는 한마디와 내 옆을 지켜줬던 친구들, 우리의 모험을 받아준 수많은 길들, 우리가 해낼 것을 믿어 의심치 않았던 선생님의 꾸준한 지도는 결국 내게 자신감을 심어주었다.

'나 사실…… 꽤 소질이 있나봐. 내가 직접 모험을 기획하고 실행할 수도 있겠어!'

이렇게 생각할 수 있는 여유와 자신감이라는 선물은 내게 매우 소중한 것이었다. 바로 이 자신감에서부터 에베레스트 정상 등정의 계획이 시작되었기 때문이다.

몇 달이 지나고 나는 영국 북서부의 레이크 디스트릭트라는 아름다운 지방에서 나흘간의 자전거 여행을 마치고 집으로 돌아오고 있었다. 레이크 디스트릭트는 초록빛 풀로 뒤덮인 산악 지역의 울창한 숲과 계곡, 깊고 맑은 호수들이 있는 곳이다. 자전거 여행자에게 따뜻한 애프터눈티를 제공할 정감 넘치는 집이 많고, 엽서에나 등장할 만한 예쁘고 작은 마을들이 옹기종기 모여 있는 지역이다.

우리는 영국에서 가파르기로 유명한 경사로인 하트놋과 라이노즈 루트를 올랐다. 이 경사로 위에서는 아무리 힘껏 페달을 밟아도 도저히 앞으로 나가지 않아 자전거가 뒤로 밀려 넘어질 지경이었다. 내 인생 최대의 체력적 한계를 맛보게 한 고난도 코스를 마친 후 자신감과 스스로에 대한 자랑스러움이 최고조에 달해 있었다.

집으로 오는 급행열차 안에서 롭 건틀렛과 나는 스스로의 멋진 모습에 심취한 채 주말 신문을 읽고 있었다. 롭은 내가 사이클링 클럽에 가입하는 계기가 된 친구였다. 그는 늘 내 옆에서 무슨 문제는 없는지 챙기고, 페달 하나하나를 함께 밟으며 내가 계속해서 전진하고 있는지 확인했다. 그는 우리 그룹에서 가장 몸집이 작았지만 누구보다 끈질기고 지구력이 좋았다. 가파른 언덕 따위는 아랑곳하지 않았으며 우리끼리 하는 경쟁에서 누가 '오르막길의 제왕'이 될 것인지 확인하고야 마는 승부욕도 강한 친구였다.

우리는 신문을 넘기며 지난 며칠간 잔인하도록 가파르고 좁은 도로를 오르던 것과 우리의 힘든 도전을 존중이라도 하듯 오르막길을 오르는 자전거 뒤로 천천히 줄지어 오던 차량들의 모습을 회상하고 있었다. 그날 신문에는 텐징 노르게이와 에드먼드 힐러리가 1953년 5월 29일 최초로 에베레스트 산 등반에 성공한 지 50주년이 되었다는 특집 기사가 실려 있었다. 신문 두 면에 걸쳐 펼쳐진 장대한 히말라야 산맥은 새하얀 눈으로 뒤덮인 뾰족한 봉우리들이 시야가 허락하는 곳까지 끝없이 이어져 있는 모습이었다. 사진 밑 도표에는, 이 아찔하게 높은 산의 등반에 성공한 소수의 사람들과 목숨을 잃은 수많은 등반가들의 이름 등 에베레스트가 어떤 산인지 보여주는 통계들이 나와 있었다.

광활하게 펼쳐진 새하얀 설원과 아찔할 정도로 높이 솟은 얼음 장벽. 정말 매력적이었다. 태어나서 제일 힘들었던 자전거 여행을 성공적으로 마치고 무적이 되었다고 믿고 있는 두 소년의 마음을 훔치기에는 더할 나위 없었다.

"우리가 최연소로 에베레스트 산의 정상에 오를 수 있지 않을까?"

히말라야 산맥 기슭의 낮은 산들 정도는 고사하고 산이라고 부를 수 있을 만한 높이의 언덕조차 등반해본 적이 없는 우리는 그야말로 등산 초짜였다. 그러니 에베레스트 산 정상에 오르겠다는 이 황당한 꿈을 실현하려면 어디서부터 시작해야 할지 알 수 없는 게 당연했다. 우리는 학교에 돌아가자마자 도서관에 몇 시간이고 틀어박혀 등산에 관련된 서적을 읽고 인터넷으로 고산지역에 대해 검색하며 관련된 등반 자료를 닥치는 대로 모았다. 매일 저녁 학교 숙제를 후다닥 끝내고는 그날그날 각자 찾아낸 새로운 정보나 책에서 읽은 내용에 대해 이야기하며 세계 최고봉에 오르기 위한 계획을 짰다.

얼마 지나지 않아 '우선 등산하는 법부터 배워야 되겠다'는 당연한 결론에 도달했다. 다행스럽게도 우리 학교에는 소규모이지만 산악 동아리가 있었다. 매주 한 번씩 지역 내에 있는 실내 등반 센터에서 교육을 받고 주말에는 가끔씩 험준한 바위 지형이 있는 야외로 나가서 연습하기도 하였다. 우리는 이 동아리를 이끌고 계신 본 홈 선생님을 뵙기 위해 디자인기술학과 건물에 있던 선생님의 교실로 찾아갔다. 교실에는 목재와 드릴, 톱, 송곳 등 각종 공구들이 정신없이 널려 있었다. 톱밥이 수북이 쌓인 카펫 위를 미로 통과하듯 이리저리 빠져 나가자, 젊고 에너지가 넘치지만 약간은 고지식해 보이는 선생님 한 분이 계셨다. 본 선생님께서는 우리가 산악 동아리에 가입하기에는 아직 너무 어릴 뿐만 아니라 지금 동아리 인원이 꽉 차서 내년까지 기다려야 하니 가입하고 싶으면 그때 다시 오라고 하셨다. 하지만 이미 에베레스트에 홀린 우리를 단념시키기에는 부족했다.

우리는 그 이후에도 몇 주 동안이나 선생님을 찾아가서 받아달라고 무작정 떼를 쓰기도 하고 우리도 충분히 할 수 있다는 것을 입증하기 위해 여러 가지 이유를 대며 본 선생님의 말을 되받아쳤다. 결국 우리의 끈질긴 애원과 간청에 지친 선생님은, 동아리에서 등반 연습을 하는 날 결석하는 학생이 있어 빈자리가 생길 경우에는 따라와도 좋다고 허락하셨다.

매주 산악 동아리 친구들을 위해 마련된 미니버스에 남는 자리가 없을까 전전긍긍하며 쫓아다니는 사이, 우리는 조금씩 등반 실력을 키워가고 있었다. 마치 공사가 덜 끝난 휑한 건물 같은 실내 등반장에서 3미터 정도 높이의 공중에 로프 하나에 매달려 벽을 붙잡고 오르락내리락하는 일이 아주 멋진 일로 여겨진 것은 아니었지만 빠짐없이 참석했고, 학교 근처 다리 밑에 있는 담벼락을 무대 삼아 연습하면서 우리의 실력은 빠르게 향상되어갔다. 야외에 있는 진짜 바위 위에서 우리가 익힌 등반 기술들을 시험할 날을 손꼽아 기다리고 있을 때, 우리는 꽤 많은 개인 등반 장비들이 필요하다는 사실을 깨달았다. 시작할 때는 처음 듣는 등반 장비 용어들을 이해하는 것만으로 벅찼다. 카라비너(등산할 때 사용하는 강철로 된 D자형 고리), 확보 기구(등반자가 추락했을 시 마찰에 의해 로프의 움직임을 멎게 하는 제동용 기구), 프루지크 로프(다른 로프와 연결되어 있는 로프의 고리 또는 매듭) 등의 외계어를 소화해야 하는데다가 이 장비들을 차례차례 사야만 했다. 새로운 취미 활동은 우리가 돈벌이를 시작해야 된다는 것을 의미했다.

학교 여름방학은 정말 순식간에 지나갔다. 나는 낮에는 식물 묘목을 키우는 식물원에서 종일 어린 싹들을 심고, 다 자란 것들을 옮기고, 꽃과 허브 들을 쉴 새 없이 나르다가 저녁이 되면 동네 술집의 주방으로 가서 설거지를 했다. 고작해야 푼돈밖에 쥘 수 없었지만, 등산에 필요한 긴 장비 목록에 있는 기구들을 하나씩 사 모으는 데는 도움이 되었다.

'방학'은 그렇게 쉴 틈도 없이 지나갔으므로 오히려 얼른 방학이 끝나고 학교에 돌아가는 날이 기다려질 정도였다. 다음 해에는 더 바빠질 것이기 때문에 어서 학교로 돌아가 롭과 함께 우리의 원대한 계획을 짜야 했다.

실내 등반 센터에 정기적으로 나가는 동안 우리는 영국 남부 해안가에 있는 절벽으로 짧은 여행을 떠났다. 우리 발밑에서 철썩대는 바다를 바라보며 파도가 만들어낸 자연 절벽을 오르는 일은 정말로 짜릿했다. 절벽 위 한 지점을 정해서 로프를 고정한 뒤, 최대한 밑으로 하강하여 바위를 기어올랐다. 바위틈에 작은 쇠고리를 박는 것을 반복하며 로프를 연결, 절벽의 맨 윗부분까지 올라갔다.

사이클링 클럽의 선생님이 그랬던 것처럼, 본 선생님 역시 우리를 잘 지도해주셨다. 본 선생님은 확고한 믿음을 가지고 우리에게 끊임없는 격려의 말과 지지를 보내주셨다. 부드러우면서도 열정이 넘치는 그의 지도 방식은 등산 초보인 우리에게 정말 많은 도움이 되었다. 그 덕분에 우리는 빠르게 능숙해졌고 결정적인 순간에 늘 필요했던 자신감도 채울 수 있었다.

그해 11월이 되었을 때, 롭과 나는 학기 중간의 짧은 방학을 이용해 첫 해외 원정을 준비하고 있었다. 노르웨이 피오르 협곡을 자전거로 통과하는 것. 이 여행은 우리가 탐험을 하는 데 있어 '사전 조사'와 '잘 세운 계획'이 얼마나 중요한지 뼈저리게 느끼도록 했다. 그리고 '노르웨이에서 11월에는 절대 자전거를 타면 안 된다!'는 신성한 교훈을 남겼다.

노르웨이처럼 북위도에 있는 나라의 11월은 매우 춥다. 도로는 마치 매끄러운 하얀 담요를 깔아놓은 것처럼 온통 눈으로 덮여 있었고, 기온이 영하 10도로 뚝 떨어지는 밤을 맞이하기에 우리의 침낭은 혹독할 정도로 얇았다. 우리는 노르웨이 공항에 도착하자마자 뭔가 잘못되었다는 걸 깨달았다. 저녁 10시 비행기에서 내리자마자 우리는 칠흑같이 어두운 밤길을 자전거로 달려야 했다. 잠깐 멈춰 선 주유소에서 저녁식사 대신 초콜릿 과자를 하나씩 사먹고는 다시 달렸다. 자전거 뒤에 매달린 30킬로그램이나 되는 짐이 바닥에 질질 끌리는 소리를 들으며 점점 경사가 급해지는 오르막을 올라갔다. 새까만 어둠 속에서 풍경은커녕 코앞에 뭐가 있는지도 분간이 안 되는 데다 지도상 어디쯤인지도 모르는 최악의 상황이었다.

한 걸음 한 걸음씩

어쩌다보니 얼어붙은 호숫가에 도착해 텐트를 치고 잠을 청하기로 했다. 새벽 1시 정도가 되어서야 아늑한 침낭 속으로 기어들어 갔는데, 망할 놈의 매트리스가 너무 얇아서 꽁꽁 언 땅의 냉기를 전혀 막아주지 못했다. 너무 추워서 밤새 벌벌 떠느라 결국 한숨도 잘 수 없었다. 해가 떠 있는 동안에는 좀 나을까 싶었지만, 다음 날 우리는 눈보라 속을 헤치며 다니고 있었다. 발은 동상에 걸렸고 얼음판이 된 도로 위를 거의 미끄러지다시피 달렸다. 애당초 계획했던 협곡을 통해 빠져나가는 경로 대신에 조금 더 완만한 해안가 도로를 따라가기로 했다. 며칠이 지나고 축축하게 젖은 어느 아침에는 경찰에게 경고를 들어야 했던 적도 있었다. 베르겐(영화 〈겨울왕국〉의 배경으로 알려져 있는 노르웨이의 항구 도시)이라는 도시에 다다르자 갑자기 비가 억수같이 쏟아졌다. 도무지 비를 피할 길이 없어 공원 한켠에 재빨리 텐트를 치고 밤을 보냈는데, 그 행동이 매우 위험할 수도 있다는 것이다.

좋게 봐준다고 해도 우리의 이 여행은 대실패였다. 하지만 이 실패에서 다음 여행을 위한 값진 깨달음을 얻을 수 있었다. 실패 역시 또 한 번의 기회였을 뿐이다.

겨울 방학이 되자 우리는 다시 아르바이트를 하느라 정신이 없었다. 새해에 딱 일주일 동안 프랑스 알프스를 등반할 계획을 세웠다. 차례차례 등반 기술을 연마하다 보니 눈과 얼음으로 뒤덮인 산에서

연습할 기회가 더 필요했기 때문이다. 우리는 빙벽을 어떻게 타는지
도 배웠고, 경쾌한 소리를 내는 질 좋은 얼음도끼와 아이젠도 준비해
둔 터였다.

일주일 동안 알프스 산맥에서 제일 높은 봉우리인 몽블랑을 체험
했다. '메르 드 글라스(얼음의 바다)'라고 불리는 곳에서 '크레바스 레
스큐(빙하의 갈라진 틈에 빠졌을 때 되돌아 나오는 기술)'를 연습하며 우
리는 처음으로 가상이 아닌 진짜 위험한 상황들에 노출되었고, 수천
미터의 낭떠러지를 내려다보며 깎아지른 듯한 알프스 산등성이의

좁고 뾰족한 바윗길을 지나는 연습을 수도 없이 했다.

학교로 돌아왔을 때 우리는 그동안 이룬 진전이 자랑스러웠고, 자신감으로 온몸에 활력이 넘쳤다. 다음 단계는 고산지대였다. 이제는 본격적으로 에베레스트와 비슷한 산악지대를 등반하기 위한 계획을 세워야 했다. 학교 여름방학 기간이나 시기를 생각할 때 우리가 선택할 수 있는 곳은 한정되어 있었다. 선택지들 중 파키스탄 북부에 있는 카라코룸 산맥의 해발 7천 미터 스판틱 산을 등반하는 것이 가장 적당해 보였다. 고민 끝에 힘들게 장소를 선택했건만, 말 그대로 산 넘어 산이었다. 비행기 값이며 장비를 사기 위해서 더욱 부지런히 아르바이트를 해야 했다. 게다가 전쟁이 끊이지 않던 아프가니스탄과 접해 있는 지역이라 걱정이 이만저만이 아니신 부모님을 설득하기도 어려웠다. 파키스탄에 가는 걸 허락해주시는 대신 좋은 성적을 요구하신 부모님 때문에 롭은 성적표의 숫자 몇 개를 슬쩍 바꾸는 귀여운 속임수마저 써야 했지만, 어쨌든 우리는 에베레스트와 조금씩 가까워지고 있었다.

학교를 졸업하기 전 마지막 해, 우리는 지속적인 훈련을 통해 기본 등반 기술들이 우리 몸의 일부가 되도록 만드는 데 여념이 없었다. 더불어 현재 우리 상태를 시험해보고 필요한 기술들을 더 익힐 수 있을 만한 여행에 대해 연구했다. 우리의 신체는 단련되었고 여름

동안 유럽을 횡단하는 졸업 기념 자전거 여행을 통해 더욱 강해져 있었다.

그해 가을 우리는 네팔로 향했다. 무시무시한 짐승의 송곳니처럼 매우 뾰족한 산봉우리들이 있었고, 칼날같이 날카로운 능선의 좁은 길 등을 접할 수 있었다. 우리는 일부러 위험한 루트들을 골라서 다녔다. 그곳에서 우리가 곧 만날, 세상에서 가장 높은 산에서 맞닥뜨릴지도 모르는 상황에 적용할 수 있는 어려운 기술들을 훈련했다.

해발 5,500미터 정도에 위치한, 텐트 세 개쯤 겨우 설치할 수 있을 정도로 조그맣고 평평한 바위 위에서 캠핑을 하며 잠시 숨을 골랐다. 그곳에서 이틀 정도 걸리는 아마다블람 산의 정상에 오를 준비를 하고 있었다.

지평선은 들쭉날쭉한 수많은 산봉우리들로 어질러져 있었고 경사면들은 마치 다림질해 놓은 듯 반들반들한 눈과 깊은 곳으로 곤두박질치는 동굴 같은 얼음 계곡으로 덮여 있었다. 우리가 오르는 길은 바위와 얼음으로 이루어졌고 거의 수직에 가까울 정도로 가팔랐기 때문에, 손도끼와 발을 딛는 부분에 한 치의 오차도 있어선 안 되었다. 두툼한 겨울옷을 잔뜩 입고 무거운 짐을 멘 상태에서는 매우 어려운 일이었고, 정상으로 올라갈수록 공기는 계속 희박해지고 있었다. 이렇게 극도로 긴장된 상황에서 하루 종일 등반하며 도착한 캠핑 지점은 꼭대기 부근에 위치한 얼음덩어리 위였다. 경사면에 매달린

것 같은 모양으로 자라난 빙하 밑으로 위태롭게 얹혀 있는 큰 얼음 덩어리였다. 계속해서 올라가려면 이런 곳에서 캠핑을 할 수밖에 없었다.

다음 날 아침 일찍, 다시 강행군을 지속하며 눈으로 덮인 가파른 경사로를 오르는데 정오쯤 되자 놀랄 정도로 넓고 평평한 지대가 나타났다. 정상이었다. 바로 앞에 놓인 위풍당당한 눕체 산 뒤로 보이는 것이 바로 에베레스트 산 정상이었다.

우리와 겨우 15킬로미터 떨어진 곳에 에베레스트가 있었다. 아마다블람은 내가 그동안 오른 산 중에서 가장 높고, 기술적으로나 정신적으로 부담이 컸던 등반이었다. 그 산의 정상에 서서 에베레스트를 눈앞에 두고 있었다. 제트기류(대류권 상부 부근의 좁은 영역에 집중된 강한 바람)의 바람이 산 정상 부근에서 얼음 기둥을 만들며 하늘로 솟구치고 있었다. 바로 그 순간, 나는 이제 모든 준비가 끝났다는 것을 알았다. 우리는 지난 3년간 세상에서 가장 높은 산에 오르기 위해 필요한 기술들을 익혔고, 그럴 만한 실력을 갖추게 된 것이다. 우리에게 남은 것은 안전하게 그곳을 내려가는 일뿐이었다.

학교 도서관에서 대걸레같이 헝클어진 머리를 하고 있던 소년. 컴퓨터 게임에 전혀 소질이 없어 다른 친구들이 끝판왕을 깨는 걸 구경만 하던 열다섯 살 무렵의 내가, 3년 후 에베레스트 정상에 선다는 건 상상 속에서도 불가능한 일이었다. 그냥 발상 자체가 우스꽝스러운 것이었다. 그런데 어떻게 이 꼬맹이들은 신문 기사 하나로 이 기막힌 계획을 세우고, 지구 반대편에 갈 생각을 했을까? 어떻게 세계 최고봉에 오른 최연소 영국인이 된 것일까? 사실 그들은 대단히 어려운 일을 한 것도, 전혀 모르던 새로운 일을 해야 했던 것도 아니다. 오히려 불가능하고 말도 안 되는 일은 전혀 하지 않았기에 목표를 이룰 수 있었는지도 모른다.

처음부터 우리는 점차적인 진전을 이루는 데 초점을 맞추었다. 물론 에베레스트 정상에 오른다는 최종의 목표는 늘 그 자리에서 동기 부여를 하는 역할을 했다. 하지만 이 목표는 우리 바로 코앞에 있는 게 아니었다.

사람들이 원하는 목표를 세우고 성취하는 것을 마치 넘을 수 없는 높은 벽으로 여기는 것은, 그 벽 바로 아래 서서 위를 쳐다보기 때문이다. 그럴 때면 벽은 어찌나 견고하고 높게만 보이는지, 벽을 이룬 벽돌 하나하나가 '네가 왜 이 목표를 이룰 수 없는지' 이야기하고 있는 것 같다. 그런데 만약 모두가 원하는 것처럼 순식간에 마법처럼 그 돌담 위에 올라섰다고 상상해보자. 내려갈 길도 없는 높다란 벽위에 서 있는 기분은, 글쎄…… 난 오히려 무섭고 불안해질 것 같다.

그 벽 위에 올라설 수 있는 가장 좋은 방법, 그리고 올라선 이후에도 안심할 수 있는 길은 단 하나뿐이다. 그것은 벽으로부터 멀리 떨어져서 시작하는 것, 또한 차근차근 계단을 만들어 한 계단, 한 계단씩 높여가는 것이다. 계단 한 개 정도 만드는 것은 어려운 일도 아니고, 두렵지도 않다. 그저 작고 즐거운 도전들이다. 계단 하나를 만든후에는 그 위에 올라서서 스스로가 이뤄낸 것을 충분히 대견해하고 즐기는 것이다. 그 이후에 다음 계단을 만들기 위한 고민을 시작하면 된다.

가장 놀라운 것은 이런 식으로 벽을 향해 다가갈수록 벽이 낮아진다는 사실이다. 마지막 계단을 놓았을 때 벽을 넘어서는 일은 어렵지도 않고, 어마어마한 노력이 필요하지도 않다. 더 좋은 것은 내가 어떻게 거기에 올라왔는지 알고 있다는 것이다. 차곡차곡 쌓은 계단 덕분에 정상에 서 있어도 위태롭지 않고, 내려갈 마음이 들었을 때도 두렵지 않다. 최종 목표가 오히려 '베이스캠프'가 되는 경험도 할 수 있다. 이제는 정상을 발판으로 삼아 더 높은 벽을 올라갈 수 있게 된 것이다. 정상에서만 볼 수 있는 또 다른 목표들이 있기 때문이다.

롭과 나는 에베레스트를 등반하기 위해 절대 무리한 시도나 어마어마한 도전들을 하지 않았다. 그저 에베레스트라는 벽 바로 앞에 있기보다는 멀리 떨어져 계단을 한 칸씩 쌓다 보니 점점 에베레스트에 가까워졌고, 그러는 동안 우리는 이미 모든 준비를 마치게 되었다. 내가 학교 사이클링 클럽에 가입한 순간, "제임스, 잘했어"라는 말을 들었던 순간, 첫 등반에 성공한 순간…… 이 모든 순간마다 '제임스'라는 소년의 내면은 느리지만 확실하게 무언가로 채워지고 있었다. 바로 목표를 이루는 데 필요한 실력과 자신감이었다.

처음 우리끼리 떠났던 노르웨이 자전거 여행, 실내에서 기본적인 등산 기술을 익히던 시간들, 진짜 산에서의 등반, 얼음과 눈으로 뒤덮인 산에서의 등반, 까다로운 고산지대 루트에서의 기술 연마. 이 모든 시간들을 거치는 동안 에베레스트 산의 정상은 말 그대로, 또 상징적으로 우리 눈 바로 앞에 있었다.

더도 말고, 덜도 말고 분명 한 번에 딱 한 걸음씩이었다.

CHINA

HIMALAYAS

EVEREST

NEPAL

KANPUR

BHOPAL

HALDIA

KOLKA

chapter 2

위험을
두려워하지
마세요

DON'T BE AFRAID OF RISK

STEP 2

두 번째는
위험을 두려워하지 않는 것입니다.
위험은 언제나 존재하기 마련입니다.

그러나 우리는 위험이
곧 배움의 기회임을 명심해야 합니다.

그 배움으로 우리는
위험을 극복할 수 있습니다.

- 꿈을 좇는 한국의 청년에게
〈비정상회담〉에서 제임스 후퍼

Chapter 2

위 험 을 두 려 워 하 지 마 세 요

공포와 두려움이 내 모든 의식을 지배했다. 지난 3년간의 철저한 준비기간 동안 몸에 밴 것들을 무색하게 하는 공포심이었다. 희박한 공기 속에서 숨을 헐떡였다. 헐떡이는 숨으로 인해 고글에 습기가 가득 차 시야를 흐리게 했으며, 이런 모든 것들이 상황을 더욱더 악화시켰다. 나는 8,500미터 고도의 절벽에서 가는 로프에 의존한 채 매달려 있었다. 두꺼운 장갑을 낀 손가락 사이로 로프를 꽉 잡고 있는 것이 쉽지 않았다. 한 손으로 버티면서 다른 손으로는 재빨리 고글을 고쳐 쓰려고 했지만, 그 시도 때문에 오히려 고글의 테두리가 눈가를 짓눌러 아예 아무것도 보이지 않게 되었다. 나는 허공에 매달린 채 제대로 보지도 못하고 숨만 점점 더 거칠게 몰아쉬었다. 날이 무뎌진 고산용 아이젠으로 디딜 만한 곳을 더듬고 있는데, 줄이 꼬이면서 몸이 산에서 내려가기 위해 가이드로 삼아야 하는 벽 쪽과 반대 방향으로 돌아갔다. 가장 두려워하던 일이 일어나는 것인가? 나 역시 에베레스트 정상을 밟기 위해 고군분투했지만 찰나의 실수로 죽음을 맞이하는 또 한 명의 산악인이 되는 것인가?

7주 전, 롭과 나는 드디어 북적이는 카트만두 시장 거리에 도착했다. 우리가 처음 방문했을 때부터 마음을 빼앗긴 네팔에 다시 오게 된 기쁨을 만끽했다. 그와 동시에 열다섯 살 때 순진하게 계획했던 이 여정이 실현되고, 게다가 성공할지 모른다는 사실이 놀랍기도 했다. 네팔에 도착하기 바로 전까지 롭과 나는 온갖 아르바이트를 전전하며 경비를 모으기 위해 온 힘을 다했다. 하지만 에베레스트 등반을 시도하는 데 필요한 비용은 완전히 다른 수준의 것이었다. 에베레스트의 끝자락에라도 가려면 반드시 후원금을 모아야만 했다.

스폰서를 찾는 과정은 순탄치 않았다. 수천 통의 편지를 보냈지만 우리가 고대하는 답변을 받는 경우는 거의 없었다. "기특하구나, 미안하지만 다음에 도와줄게" 등 뻔한 위로의 말이 대부분이었다. 이는 우리의 열정과 동기를 점점 앗아갔고 좌절감을 느끼게 했다. 다만 주위 친한 친구들의 믿음과 아낌없는 도움으로 우리는 다시 힘을 얻었고, 덕분에 두 가지 작전을 짰다. 첫째 무작정 지역 전화번호부에 나와 있는 회사란 회사엔 다 전화하기, 둘째는 우리 학교 졸업생들의 전화번호부를 뒤져 차례로 전화 돌리기였다. 하지만 이것도 쉬운 일은 아니었다. 우리는 3주간에 걸쳐서 매일 12시간 이상 수화기를 붙잡고 있어야 했다. 대부분은 바로 전화를 끊거나 관심 없다고 말했다. 몇몇은 오랜만에 듣는 친구의 목소리를 반기는 듯했지만, 본론을 꺼내는 것과 동시에 통화는 거의 끝이 났다. 그중 가장 어색하고 당황했던 순간은, 한 졸업생에게 전화를 했는데 그 가족을 통해서 최근에 돌아가셨다는 소식을 듣게 되었을 때였다. 정말 적당하지 않은 때에 적절치 못한 부탁을 드릴 뻔했다! 나는 약간의 죄책감을 느끼며 유족과 1시간이 넘도록 고인을 잃은 슬픔에 대해 이야기해야 했다.

그럼에도 불구하고 우리의 작전은 비교적 성공적이었다. 아주 가끔이지만, 우리의 탐험에 진심으로 관심을 보이는 사람들도 있었고, 어떤 이는 후원금을 주는 대신 그 회사 로고가 들어간 깃발을 에베레스트 정상에 가져가는 조건을 내걸기도 했다. 몇 주 동안 고생한 결과 총 3만 파운드 정도가 모였고, 마지막 후원금은 우리가 네팔에 도착하기 하루 전날 입금되었다!

막판까지 계속되었던 준비 과정이 끝나자 길고 긴 네팔행 비행이 시작되었다. 우린 카트만두에 도착하자마자 이미 지쳐 있었지만 쉴 틈이 없었다. 원정 중에 필요한 의약품, 비상식량, 마지막까지 스폰서를 구하느라 정신없는 와중에 빠뜨린 장비들까지 구하기 위해 종종 걸음으로 시내 구석구석을 돌아다녔다. 원정의 기대에 찬 다른 산악인들과 관광객들로 붐비는 거리, 계속 경적을 울려대는 택시의 소음, 고함을 지르며 거리를 누비는 릭쇼 기사들, 좁고 꼬불꼬불한 거리들, 차 좀 마시고 가라며 호객 행위를 하는 열정적인 점원들, 물건을 팔기 위해 행인들에게 끊임없이 말을 거는 노점상인들, 울긋불긋 이국적인 물건이 가득한 가게들. 카트만두의 거리는 생기가 넘쳤다. 이런 분주한 모습과는 반대로 "옴마니반메홈"이라는 티베트 승려들의 만트라가 곳곳의 카페며 상점, 레스토랑의 스피커에서 흘러나오니 마음이 평온해졌다. 이런 부산한 도시에서 정신을 잃지 않으려면 그 혼잡함의 일부가 되는 수밖에 없었고, 그것은 앞으로 있을 큰 모험을 잠시나마 잊게 해주었으니 다행이었다.

3일 후, 이제 진짜 여정을 시작할 차례였다. 네팔의 계곡을 따라가다 국경을 넘어 티베트 고원을 향하는 끝없는 오르막길을 달리면, 에베레스트 북벽이 보이는 베이스캠프에 닿는다. 우리 원정대는 일행의 텐트, 등반 장비, 산소통 및 각종 물품 등 엄청난 양의 짐을 두 대의 큰 버스에 싣고 드디어 북쪽으로 향했다. 하지만 얼마 가지 않아 첫 번째 난관에 부딪혔다. 당시 네팔 집권 세력이었던 왕정에 맞서 마오이스트 반란군이 조종하는 총파업으로 모든 국경지역과 도로는

막혔고, 그로 인해 우리 일행은 예정보다 하루 일찍 카트만두와 네팔을 떠나라는 통보를 받았다. 우리로서는 서둘러 준비를 마쳐야 한다는 것 외에 큰 지장은 없었지만, 정치적 투쟁으로 인해 당시의 네팔이 어떤 어려움에 처해 있는지 알 수 있었다. 그리고 우리는 직접 그것을 목격하게 될 참이었다. 다리도 풀어주고 간식도 먹을 겸 중국과의 국경에서 멀지 않은 네팔의 어느 작은 마을에 도착했을 때였다. 푸른 산의 계곡에 난 길과 빙하가 녹아내린 시냇물이 흐르는 사이에 비집고 앉은 그 마을은 좁다란 길을 따라 단층짜리 상점들이 일렬로 늘어서 있었다. 잠깐 쉬었다 가기에는 안성맞춤인 평온한 마을이었다. 그때였다. 갑자기 비명소리가 울려 퍼지더니, 조금 전까지만 해도 사람들로 붐비던 거리가 순식간에 텅텅 비었고 인적이 끊겼다. 사람들은 숨을 곳을 향해 찾아 들어갔고, 상점의 철문들은 하나씩 철컹철컹 소리를 내며 닫혔다. 나는 갑작스런 상황에 갈피를 못 잡고 멍하니 서 있다가, 가장 가까이에 있던 상점의 철문이 닫히기 바로 전에 기어들어가 재빨리 몸을 숨겼다. 사실 그 상점의 뒤쪽에는 벽이 아예 없었기 때문에 콸콸 흐르는 계곡물과 반대편 산에 드문드문 서 있는 나무들이 바로 마주 보였다. 그다지 좋은 은신처는 아니었지만 마오이스트 반란군 부대가 언덕을 내려오는 것을 바로 앞좌석에서 관람할 수 있었다. 그들은 자동 소총(AK-47)과 수류탄 등으로 무장한 채 나무로 된 출렁다리를 건너 마을을 향해 진격했다. 날카로운 총소리가 하늘에 울려 퍼졌고, 사람들의 비명소리가 그 뒤를 이었다. 순식간에 반란군들은 다시 산 쪽으로 퇴각해 모습을 감추었고, 거리에는 사망한 몇 명의 정부군이 쓰러져 있었다. 게다가 마을은 이런 싸움에 굉장히 익숙한 듯이 침착하게 원래의 모습으로 돌아갔다. 당연히 우리 일행은 또 다른 교전이 일어나기 전에 최대한 빨리 마을에서 벗어나고 싶었다. 몇 시간 동안 심하게 패고 훼손된 도로를 달리고 나서야 중국과의 국경에 도착할 수 있었다.

그 다음 날, 우리 일행은 조금씩 더 높은 지대로 옮겨 가고 있었다. 춥고 건조한 사막지역을 이틀 정도 더 달린 끝에, 근처 산에서 고산 적응 훈련을 하기에 앞서 하루 정도 휴식을 취했다. 그냥 산에 천천히 오르는 것이 아니라 계속 오르락내리락해야 하는 적응 훈련은 몹시 지치는 일이었다. 하지만 고산 원정을 위해서는 무엇보다 중요한 과정이기도 하다.

일반적으로 고도가 높아질수록 기압은 낮아지게 된다. 낮은 기압은 공기와 공기를 구성하는 여러 가스들의 밀도가 낮다는 것을 뜻한다. 즉, 해수면의 높이에서 호흡할 때 얻는 산소의 양과 비교해 고지대에서는 호흡할 때 들이마시는 산소의 양이 현저히 줄어든다. 산소의 부족과 저기압은 사람의 몸에 여러 가지 문제를 일으키는데, 적응 훈련을 통해 어느 정도 완화시킬 수 있다. 적응 훈련이 제대로 되지 않으면 의식을 잃기 쉽고 곧 죽음에 이르게 된다. 이는 적은 양의 산소를 효율적으로 신체기관 곳곳에 운반하는 충분한 양의 적혈구를 생산해내지 못했기 때문이다. 뿐만 아니라, 저기압에서는 체액이 비정상적으로 확산되어 익사한 사람처럼 고산 폐수종(pulmonary edema)이 생기거나 혹은 두개골 안에서 뇌가 팽창하여(뇌부종, cerebral edema) 죽게 된다. 이러한 증상이 나타나면 즉시 해수면 높이로 돌아와야 하는데, 주로 멀리 외떨어져 접근하기 어려운 고산지대에 있는 산악인에게는 불가능한 일이다. 결국 최선의 방법은 천천히 시간을 들여 고도에 적응하는 훈련을 해서 저기압의 상황에서 발생할 수 있는 모든 위험을 줄이는 것뿐이다.

차를 타고 가는 일주일 내내 고산 적응 훈련은 계속되었고, 우리는 드디어 에베레스트 베이스캠프에 도착했다. 에베레스트 북벽 아래에는 빙하의 퇴적물들이 쌓인 U자 모양의 깊은 바위투성이 계곡이 길게 이어져 있고, 거기에는 이미 수많은 텐트들이 설치된 베이스캠프가 자리잡고 있었다. 5,500미터에 위치한 그곳에서부터 벌써 산소가 굉장히 희박했다. 해수면과 비교할 때 절반 정도의 대기 중 산소를 포함하고 있었다. 높은 산들은 계곡에 내리쬐는 햇볕을 완전히 차단했고, 에베레스트 북사면에서부터 내려오는 차디찬 공기가 계곡을 채워 베이스캠프는 굉장히 춥고 건조하고 먼지로 가득 찬 척박한 환경이었다.

햇볕이 차단되어 냉장고 안처럼 차가운 온도에 매우 건조한 공기와 엄청난 먼지바람이 만나, 거기에 온 모든 산악인들은 끊임없이 마른기침을 해댔다. 목구멍이 간질거리는 느낌과 고통스러운 기침이 몇 주간 지속되다보면, 심한 경우 갈비뼈가 부러지거나 아예 후두가 찢어지기도 했다. 당연히 우리 일행도 예외는 아니었다. 베이스캠프에 도착한 첫날부터 목구멍이 간질간질하고 부어오르더니 따뜻한 물을 아무리 많이 마셔도 진정될 기미가 보이지 않았다. 이제는 정신력에 달린 문제가 되었다. 이러다 에베레스트 등반은 시도조차 해보지 못할 수도 있었다. 끊임없이 우리를 괴롭히는 목의 간지러움과 기

침에 대한 생각을 억제하는 데 집중해야만 했다.

우리 몸은 베이스캠프의 고도에 점점 적응되고 있었다. 좀 더 자유롭게 다니는 것이 가능해져서 계곡에 흩어져 있는 큰 바위들이나 주변을 둘러싼 산비탈을 오르락내리락 돌아다녔다. 왠지 시간은 길게 늘어져 더욱 더디게 흐르고 있었다. 베이스캠프에서는 큰 활동 없이 쉬어야 하기 때문이기도 하지만, 지금껏 겪어보지 못한 험난하고 힘든 도전을 앞두고 두려움과 함께 몹시 기대가 되었기 때문이다.

그렇게 긴 시간이 지나고 드디어 조금 더 높은 곳으로 올라가게 되었을 때, 우리는 밀실공포증을 불러일으키는 베이스캠프의 다닥다닥 붙어 있는 텐트촌을 벗어나 다리를 쭉 뻗을 수 있는 좀 더 너른 공간으로 옮겨가게 된 것이 기뻤다.

날카로운 뿔을 휘두르며 원정대들의 짐을 나르고 있는 전투적인 야크 무리의 행군을 피해 수백 년 동안 빙하가 갈아 놓은 모래와 바위가 쌓인 계곡에 난 길을 따라 올라갔다. 매서운 바람이 작은 먼지 입자들을 잔뜩 실어다가 우리 얼굴에 퍼부어댔다. 베이스캠프로부터 장장 24킬로미터를 올라와 도착한 곳은 에베레스트 바로 아래에 위치한 고도 6,400미터의 어드밴스 베이스캠프(전진기지. 베이스캠프에서 정상까지의 거리가 너무 멀 경우, 어드밴스 캠프 중에서 조건이 좋은 캠프를 골라서 베이스캠프의 기능을 갖게 한 캠프. 이하 ABC)였다. 더욱 희박해진 공기에 여전히 우리 몸은 고전을 면치 못하고 있었다. 가볍게 출발했지만 악천후 속에 걸음은 차츰 느려지고 있었고, 모든 상황들은 점점 더 악화되었다. 빙하길은 더욱 가파르고 험하게 변했다. 털투성이의 야크 무리를 더 이상 피해 가기 어려워졌고, 눈이 내리기 시작하면서 기온은 점점 더 내려갔다. 눈은 산 정상을 위협적인 흑빛의 담요처럼 휩싸고 있었으며 불길한 고요함만이 이 거대한 풍경을 가득 채웠다. 간혹 빙하가 갈라지거나 쿵 소리를 내며 떨어져 나가는 소리만 들려올 뿐이었다.

ABC에서의 생활은 전보다 훨씬 고단했다. 정상까지는 아직도 2,400미터나 더 올라가야 했지만, 이제 진짜 에베레스트에 오르게 된 것이 실감나기 시작했다.

산소 부족과 빙하로 둘러싸여 있는 척박한 환경, 이전까지는 경험해보지 못한 혹독한 추위. 거기에다 끊임없는 수면 부족, 아무런 맛이 없는 음식들까지 하루하루를 버텨내는 것이 더욱 힘들어졌다. 하지만 이런 모든 악조건에도 불구하고, 우리는 빙하 곳곳을 걸어다니며 휴식을 취하는 틈틈이 고산 적응 훈련을 해야 했다.

그러던 중 나는 생일을 맞았다. 그 꼭대기에서 제대로 된 생일을 보낼 가능성도 거의 없는데다가, 집에서 수천 킬로미터나 떨어져 있다고 생각하니 외로움과 울적함이 밀려왔다. 그런데 재료도 없고 오븐도 없는 형편에 원정 팀에서 요리를 담당하고 있는 네팔인 요리사가 그럴싸하게 보이는 케이크를 만들어주는 것이 아닌가? 맛까지 케이크 같았던 것은 아니었지만, 그 어떤 생일 케이크보다 감동적이었다. 이렇게 모든 것이 낯설고 불편하고 외로운 환경이지만, 가장 친한 친구인 롭과 함께 있다는 것은 정말 감사한 일이었다. 그의 존재는 내게 위로가 되는 동시에 언제나 힘이 되었다.

휴식을 위해 베이스캠프로 돌아가기 전에 롭과 나는 약 7천 미터 고도의 캠프1이 위치한 노스콜(북능)의 꼭대기에 닿기 위해 안간힘을 다해야 했다. 정상에 올라갈 때까지 필요한 용품들로 가득 찬 짐을 멘 채 깊은 크레바스의 가파른 한쪽 벽면을 따라 걷고 있는 우리는, 이 거대한 풍경 속에서 마치 일렬로 줄지어 가고 있는 개미들 같았다. 그 구간에서는 얼음 덩어리가 떨어지거나 산사태가 날 가능성이 높았기 때문에, 불필요하게 지체하면 위험한 상황이 생길 수도 있었다. 경사면을 다 올라가자 말안장 같은 노스콜이 시야에 들어왔고, 곳곳에 놓인 크고 깊은 크레바스들은 마치 산악인들을 통째로 잡아먹으려고 준비를 하는 듯했다. 크레바스의 틈을 잇는 유일한 연결 통로는 사실 낡은 알루미늄 사다리 2개를 겹쳐 놓고 가운데를 오래된 로프로 동여맨 것이었다. 집에서라면 그따위 사다리를 믿고는 창문조차 닦을 생각도 하지 않았겠지만, 거기에서는 별다른 선택의 여지가 없었다. 우리가 할 수 있는 것이라고는 숨을 깊게 들이마시고, 아이젠을 낀 신발의 앞쪽과 뒤꿈치가 사다리의 넓이에 맞게 한 다음 최대한 어두컴컴한 아래쪽은 쳐다보지 않으려고 노력하면서 건너가는 것뿐이었다.

　지고 온 물품들을 내려놓고 맛은 없지만 어쩔 수 없이 먹어야 하는 초콜릿을 입 속에 털어 넣은 다음, 사다리로 만든 그 임시 다리로 다시 크레바스를 건너 눈 덮인 빙하 경사면을 따라 베이스캠프로 돌아갔다. 처음 도착했을 때는 척박하고 황량해서 버려진 땅 같았던 베이스캠프가 이제는 마치 휴가 때 찾아가는 행복하고 활기 넘치는 야영장이라도 되는 듯했다. 그후 일주일 정도를 수도 없이 많은 차를 마시고 읽었던 책을 또 읽으면서 보냈다. 그리고 두 번째이자 마지막인 고산 적응 훈련을 위해 다시 한 번 산을 올랐다. 이번 훈련의 목표는 명확했다. 바로 고도 7천 미터 노스콜의 캠프1에서 하루, 되도록이면 이틀 정도를 자는 것이었다. 가능하다면 더 높은 곳까지 올라가기로 했다. 고도 7,800미터 이상부터는 산소의 농도가 해수면의 약 3분의 1 정도밖에는 되지 않기 때문에 일명 죽음의 지대(Death Zone)라고 불렸다. 그곳을 무사히 지날 수 있도록 신체적인 준비가 되어야 했다. 산소량이 너무 희박하기 때문에 최대한 빨리 빠져나와야 하는데, 조금만 지체가 되어도 우리 세포가 더 이상 제 기능을 하지 못해서 차가운 죽음을 맞이할 수도 있었다. 노스콜까지는 다시 한 번 엄청난 양의 물품들을 지고 힘겹게 올라야 했다. 가는 도중 10톤쯤 되는 얼음 바위가 내 위로 무너져 내린다든지, 크레바스를 건너다 사다

위험을 두려워하지 마세요

리가 부러져 끝없는 구멍으로 추락하는 상상들이 머릿속에서 떠나지 않았다.

빙벽에서부터 500미터가량 위쪽의 좁은 공간에 설치한 우리 텐트는 훌륭한 경치를 제공했지만, 텐트 바닥 가운데 부분의 눈이 점점 패어 들어가서 불편한 나머지 제대로 잠을 잘 수가 없었다. 불편하게 선잠을 자다 깬 우리는 밖으로 나갔다. 휘몰아치는 바람이 북동쪽 계곡 위로 눈기둥을 뿌렸다. 다시 텐트 안에 잔뜩 웅크리고 앉은 우리는 아침을 먹기 위해 눈이 담긴 냄비를 끓이면서 건조 오트밀 봉지를 뜯었다. 이렇게 맹렬한 바람 속에 등반을 하는 것도 내키지 않았지만, 불편한 이 고지대에서 하룻밤을 더 자야 한다는 것이 더욱 큰 걱정이었다. 결국 두꺼운 거위털 재킷과 바지를 챙겨 입고 산등성이 쪽으로 향했다. 너무 강한 바람 때문에 우리는 완전히 눈바닥 위에 평평하게 달라붙어 있었고 서로가 하는 말을 들을 수도 없었다. 우리의 양 볼에는 한기가 내리꽂혔으며 손은 얼어붙어 아무런 감각이 없었다. 그럼에도 불구하고 롭과 나는 천천히 산등성이 쪽으로 옮겨 갔다. 한 발씩 내딛을 때마다 우리는 조금씩 더 높은 고도에 닿았고, 가끔씩 괜찮다는 사실을 알리기 위해 서로에게 손짓을 했다.

1시간, 또 1시간이 더 지나자 느리고 고통스러운 우리의 발자국들은 고도 7,500미터 지점에서 더욱더 강해진 바람을 맞고 있었다. 게다가 에너지도 거의 바닥나 안전하게 돌아가는 길이 걱정되기 시작하자 우리는 하산을 결정하였다. 다음번 이 자리에 다시 왔을 때는 틀림없이 정상을 향하고 있을 것이라는 믿음을 간직한 채였다.

일주일 후, 꽤 괜찮은 기상예보와 함께 이번이 마지막이라는 결의를 갖고 산을 오르기 위해 베이스캠프를 떠났다. 우리는 몇 발자국 옮기지 않아 캑캑거리며 기침을 해댔다. 기침을 할 때면 왼쪽 가슴은 멍이 든 듯 욱신거리고 약해진 목구멍은 따끔거렸다. 배낭의 무게를 견뎌야 하는 어깨에는 심한 통증이 느껴졌고, 한 걸음 내디딜 때마다 발의 앞부리는 고통을 호소했다. 지난 6주간 지속된 산소 부족 현상으로 몸의 회복 기능은 저하됐고 둘 다 20킬로그램 가까이 살이 빠졌다. 임박한 거사가 큰 부담으로 다가왔고, 인상적이고 아름답게 보였던 산의 능선은 처음 접했을 때보다 훨씬 더 위협적으로 다가왔다. 행진은 더뎠고 날씨는 다시 구름이 낮게 깔리며 눈보라를 흩날리고 있었다. ABC에 도착하기 몇 시간 전, 나는 계속되는 기침으로 갈비뼈에 극심한 통증을 느꼈다. 호흡을 되찾기 위해 애쓰다가 결국 주저앉아 눈물을 터뜨렸다. 이 상태로 어떻게 정상까지 갈 수 있을지 몰랐다. 나는 두려워졌고, 자신이 한없이 나약하게 느껴졌다. 그나마 나보다 조금 여유가 있었던 롭이 곁에 앉아 초콜릿 바를 반으로 잘라 나눠주며 말했다.

"힘내, 제임스. 우리는 이 여정을 위해 3년을 준비했어. 이제 정말

얼마 안 남았어!"

초콜릿을 한입 베어 물며 그는 다시 말했다.

"집에 있는 모든 사람들과 우리가 이 자리에 올 수 있도록 지지해 준 수많은 사람들을 생각해봐! 우리가 견뎌왔던 그 힘든 훈련들도. 우리는 해낼 거야, 제임스. 성공하고 나면 얼마나 짜릿할지 상상해봐."

그가 옳았다. 우리는 혼자가 아니었다. 우리를 믿고 있는 친구들과 가족들이 고향에 있었다. 무엇보다 우리에게는 서로가 있었으며, 거기까지 오기 위해 함께 해낸 힘든 훈련들은 우리를 배반하지 않을 것이다. 그의 말에 힘을 얻고 그의 존재에서 위안을 얻은 나는, 초콜릿을 다 먹어치운 뒤 자리를 털고 일어나 묵묵히 전진기지로 향했다.

다음 며칠 동안은 지난번 강풍을 이겨내며 올라갔던 최고 지점에 나 있는 우리의 발자취를 따라 서로 격려를 주고받으며 올라갔다. 해발 7,800미터에서 처음으로 거추장스러운 산소마스크를 사용해야 했다. 부피가 큰 재킷과 마스크 밸브 때문에 발이 보이지 않는 상태에서 아주 조심스럽게 마지막 캠프지로 향했다. 해발 8,300미터의 가파른 곳에 있는 큰 바위들 사이에 텐트를 치고, 가장 높은 쪽에 앉아 물을 끓이면서 정상을 향해 출발하기 전 다시 한 번 정신을 가다듬었다. 텐트 밖으로는 석양이 지는 가운데 들쭉날쭉하게 보이는 세

상이 비스듬하게 놓여 있었다.

암흑과 함께 밀려온 고요함이 지금 우리가 있는 곳이 현실인지 꿈인지 착각하게 만들었다. 출발 시간이 다가올수록 아드레날린이 솟구쳤다. 저녁 9시 30분쯤 힘겹게 텐트를 정리하고 비상식량과 산소통으로 배낭을 꾸렸다. 출발하기 전 양말을 갈아 신고, 신발끈을 조여 매고, 헤드랜턴 작동 여부를 확인하고, 아이젠을 착용했다. 10시 30분, 드디어 정상을 향한 마지막 구간이 시작되었다. 헤드랜턴이 비춰주는 원형의 빛을 따라 차근차근 발걸음을 옮겼다. 한 번에 두세 발 정도를 간 다음 멈춰서 숨을 고르고 다시 몇 걸음을 옮기기를 반복했다. 새벽 1시쯤 고요히 별빛이 비치는 밤에 우리를 정상까지 인도해줄 북동쪽 능선에 도달했다. 롭과 나는 고산병 증상을 확인하려고 정기적으로 서로를 돌아보고, 의식이 있는지 알아보려고 질문을 던지기도 했다. 서로의 산소통과 압력 밸브를 확인해 정상까지 도달하는 데 충분한 산소가 있는지도 점검했다.

갑자기 롭이 내 앞에서 멈췄다. 무언가 잘못된 것일까. 나는 그의 등을 툭툭 두드리고 어깨를 움츠려 보이며 무슨 문제가 있는지 물었

다. 그는 천천히 왼쪽 아래에 드러난 바위 곁을 가리켰다. 바위 밑에는 구부려진 채 불룩 튀어나온 시신이 길 쪽으로 네온색 부츠를 신은 다리를 내밀고 있었다. 나중에 우리는 그 시신이 몇 주 전 베이스캠프에서 친해진 영국 남자였다는 것을 알게 되었다. 그 옆으로 시신이 하나 더 있었는데, 완전히 빛이 바래 누더기가 된 재킷만 보아도 훨씬 더 오래 전에 죽었다는 것을 알 수 있었다. 두 남자 모두 매우 지치고 고통스러운 고산병 증세로 쉬려고 잠시 앉았다가 다시는 일어나지 못했던 것 같다. 이후 능선을 따라 올라갈수록 더 많은 시신들이 있었다. 그것은 정상을 밟으려면 어떤 위험을 감수해야 하는지 극명하게 보여주고 있었다.

잠시 후 태양이 떠오르며 분홍색과 주황색이 섞인 부드러운 빛이 주변 산들을 비추었고, 산 그림자들이 환상적인 풍경을 만들었다. 그런 풍경이 간밤에 어둠 속에서 느꼈던 두려움과 불안감을 씻어주는 듯했다. 그리고 정상이 한층 더 가까워진 듯한 느낌을 주었다. 이제는 마지막 관문 하나를 남겨놓고 있었다. 사실 암벽 몇 개만 넘어가면 되었지만, 고산지역인 데다 육중한 장비들을 메고 가야 했기 때문에 좀 더 신중해야 하고 또 기술을 요하는 루트라서 쉽지만은 않을 것이다. 하지만 우리는 그날 처음 정상에 닿는 첫 번째 그룹으로 천천히 시간을 들여 안전하게 길을 찾아갔다.

우리 바로 왼편에 있는 바닥에는 거대한 코니스(능선에 쌓인 눈이 바람에 밀려 처마처럼 걸쳐져 있는 상태. 등반할 때 특히 주의해야 함)가 자라고 있었다. 에베레스트의 동쪽 경사면은 거의 수직에 가깝기 때문에, 기다란 얼음도끼를 지팡이 삼아 걷다 보면 갑자기 바닥이 뚫리며 까마득한 절벽이 바로 발밑에 있다는 사실을 일깨워주는 창구멍이 열렸다. 따라서 산등성이의 경계에 너무 가까이 다가가서는 안 된다는 사실을 계속해서 상기시켰다. 그러니 내딛는 한걸음 한걸음이 달팽이처럼 더딜 수밖에 없었다. 정상에 닿기까지는 걸음마를 하듯 두세 발을 겨우 떼고 1분씩 쉬는 상황이 반복되었다.

정상의 눈밭에는 불교 기도문이 적힌 오래된 오색 깃발들이 동그랗게 둘린 채 바람에 펄럭이며 그곳이 지구에서 가장 높은 곳임을 보여주었다. 마침내 바로 앞에 정상이 보이자 롭과 나는 젖 먹던 힘까지 끌어올려 마지막 한 발을 내디뎠다.

우리는 2006년 5월 17일 오전 7시 30분, 세계의 지붕 에베레스트 꼭대기에 올라섰다. 처음에는 탈진한 상태였고, 무사히 내려가야 한다는 생각 때문에 정상에서의 감격을 마음껏 누리지 못했다. 그러다 문득 꿈을 실현한 기쁨은 이곳 산 정상에서 끝나는 것이 아니라 집

으로 돌아가 가족과도 함께 누려야 한다는 생각이 들었다. 지구상 가장 높은 곳에서 선명하게 보이는 온 땅의 굴곡과 파노라마처럼 펼쳐진 경치를 평생 잊지 않으려고 보고 또 보았다.

정상에 오른 기쁨과 감격도 잠시, 한시라도 빨리 하산하고 싶은 조급한 마음에 걸음을 재촉하다가 그만 위태로운 상황에 처하고 말았다. 그리하여 이 장 맨 앞에서처럼 8,500미터 고도의 절벽에서 로프가 꼬이면서, 산에서 내려가기 위해 가이드로 삼아야 하는 벽 쪽과 반대 방향으로 몸이 돌아갔던 것이다.

전날 밤 목격했던 불행한 산악인들의 모습이 머릿속을 스쳐 지나가자 갑자기 정신이 번쩍 들었다. 나는 나에게 말했다. "지금 상황을 잘 봐. 그리고 훈련했던 걸 찬찬히 떠올려봐." 로프에 매달려 아무것도 볼 수 없었던 나는 정신을 차리고 몸이 지금 어떤 방향으로 돌아가 있는지 생각했다. 그리고 천천히 몸을 돌렸다. 3센티미터 정도 떨어진 벽에 다시 발이 닿자 조금씩 로프를 풀어 아래로 내려갔다. 발목에 눈이 닿는 것이 느껴져 몸을 좀 더 앞으로 움직이니, 절벽에 선반처럼 튀어나온 좁은 바위에 똑바로 설 수 있었다. 안정된 상태가 되자 고글을 제대로 고쳐 쓸 수 있게 되었다. 가까스로 이 위험한 순간을 넘기고 롭과 나는 다시 하산을 계속하였다.

높은 산을 오를 때 마주치는 위험이 아니더라도, 우리는 살아가면서 많은 위험한 순간을 경험한다. 위험은 인생의 중요한 한 부분이다. 위험이 아니면 우리의 삶은 아마 훨씬 더 빈곤했을 것이다. 위험, 그것을 경감하고자 하는 바람 그리고 극복하는 과정에서 우리는 스스로를 더욱 발전시키고 배우려고 노력하게 된다.

롭과 내가 에베레스트 산을 오르며 맞닥뜨린 위험은 셀 수 없이 많았지만, 올바른 훈련과 준비로 위험요소들을 줄이거나 없앨 수 있었다. 우리가 다시 두 살로 돌아갔다고 상상을 해보자. 길을 건너는 것도 방법을 모르면 두렵게 느껴진다. 하지만 우리는 성장하면서 양

옆을 확인한 후 길을 건너야 한다는 것을 배우게 된다. 필요한 요령들을 습득하고 연습하면 길 건너는 것쯤은 전혀 위험하지 않다.

에베레스트를 오르는 것 또한 이와 마찬가지다. 고도에 익숙해지는 훈련과 고산병의 초기 증상에 대해 배움으로써 고산병에 시달리는 위험을 줄일 수 있었다. 생사가 걸린 순간에 당황하거나 어리석은 실수를 범하는 것은 훈련을 통해 방지할 수 있었다. 눈사태나 악천후처럼 우리가 통제하지 못할 위험요소들도 있었지만, 징후를 파악하는 능력은 훈련을 통해 기를 수 있다.

위험은 어디든지 존재한다. 그리고 이 사실 때문에 겁을 먹는 것은 쉽다. 두려움이 우리를 가로막을 수도 있다. 하지만 조금만 다른 시각으로 바라보면, 우리가 위험요소를 받아들이고 도전하는 것으로 삶을 더욱 풍성하게 만들 수 있다. 위험요소를 이해함으로써 우리는 대비할 수 있고, 이겨낼 수 있고, 피하는 방법을 배울 수 있다.

그렇게 위험요소를 제거하면서 최종적으로 우리는 목표에 도달할 것이다. 아무 두려움 없이.

| chapter 3 |

다른 사람과
꿈을 공유하다

TELL OTHERS ABOUT YOUR GOALS

STEP 3

세 번째는 여러분이 원하는 꿈을
많은 사람들에게 말하는 것입니다.

그 누구도 혼자 힘으로는 성공하지 못했습니다.

많은 사람들이 여러분의 꿈을 알수록
더 많은 이들이 여러분을 도울 수 있겠죠.

성공이 무엇인지는 한 가지로 정의할 수 없습니다.
여러분에게 맞는 성공을 직접 찾아서 도전해야 합니다.

- 꿈을 좇는 한국의 청년에게
〈비정상회담〉에서 제임스 후퍼

다 른 사 람 과 꿈 을 공 유 하 다

또다시 구름이 잔뜩 끼고 부슬부슬 비가 내리는 날이었다. 여름이 온 지 한참이나 되었건만 먹구름은 계속 몰려오고 벌써 며칠째 비는 그칠 줄 몰랐다. 롭과 나는 세계 각지에서 수입된 식료품들이 가지런히 정렬되어 있는 동네 마트의 진열대 사이를 통과하고 있었다. 마트 안에는 장을 보러 온 사람들이 덜그럭거리는 소리를 내며 온갖 종류의 물건이 산더미처럼 쌓여 있는 카트를 밀고 있었다. 쉴 새 없는 소음과 사람들 간의 무의미한 대화가 마트 안을 가득 채우고 있었다.

우리는 더 둘러볼 것도 없이 점심으로 먹을 피자가 담긴 박스를 대충 주워들고 과하다 싶을 정도로 넓고 매끈하게 포장된 주차장으로 빠져나왔다. 귓가에선 웅웅거리는 잡음이 들리고 멍한 느낌이 들었다. 지금 일어나고 있는 모든 일이 현실 같기도 하고 아닌 것 같기도 했다. 내 의식 상태는 마치 오래된 텔레비전이 수신호를 받으려고 애쓰는 것처럼 연결이 되었다 끊겼다를 반복하는 듯했다. 어떤 일에도 아무런 의미가 없는 것 같았다.

불과 몇 주 전에 우리는 세상의 지붕이라는 곳에 서서 발아래 펼쳐진 세상을 내려다보고 있었다. 마치 동굴처럼 깊게 팬 거대한 계곡들을 내려다보며 내쉬는 숨 한 번, 내딛는 발걸음 하나도 생각하고 또 생각해서 목표 실현과 위험 사이의 균형점을 정확하게 계산해야 했다. 산을 내려가는 길에 멈춰선 어드밴스 베이스캠프에서 우리는 작은 눈사태를 목격했다. 높은 두 봉우리 사이에 있던 낮은 고개에서 벌어진 일인데, 쌓여 있던 눈이 경사면을 따라 벗겨지듯 순식간에 사라졌다. 긴장의 연속인 그 순간들 속에서 내가 살아 있다는 사실이 손으로 만질 수 있는 것처럼 매우 명백하게 느껴졌다.

시끌벅적하고 혼잡한 분위기의 카트만두로 돌아왔을 때, 도시가 주는 활기와 편안함을 다시 만난 것이 기뻤다. 하지만 평범한 일상으로 다시 돌아와 특별할 것 없는 하루하루를 보내니 살아 있음을 느끼게 해주던 강한 불꽃을 빼앗긴 것 같은 기분이었다. 내가 원래 살던 작은 세상은 울적하고 조용한 곳이 되어버렸고, 이제 그 안에서 간신히 버티듯 살아가고 있었다.

지난 3년간 우리의 삶을 지배하고 우리의 모든 것을 사로잡고 있던, 그야말로 구석구석 스며 있어 집착과도 같았던 목표 실현이 대단원의 막을 내렸다. 에베레스트 산 정복이라는 꿈을 위해 그곳에 오르는 동안 우리에게 남아 있던 에너지를 모두 써버린 것일까? 어떤 열정이나 힘이 단 1그램도 남지 않은 기분이었다.

그렇게 에너지를 다 쓰고 쇠약해진 우리의 몸을 도로 제자리에 뱉어놓으니 꿈을 이룬 사람이 느끼는 환희는 어떤 것일까 상상하던 때와는 너무도 다른 상황이었다. 내 인생 최대의 목표를 이루었지만 오히려 가장 중요했던 것을 잃어버렸다. 그것은 '목표' 그 자체였다. 천진난만했던 우리의 모든 발걸음은 목표 지점에 마침표를 찍는 그 순간에만 맞춰져 있었기 때문에 그 길을 걷는 과정에 얻을 수 있었던 진정한 기쁨을 맛보지 못한 것이다. 이런 사실을 미처 깨닫지 못한 우리는 매일매일 삶의 새로운 의미를 찾아 헤매야만 했고, 방법은 하나뿐이었다. 이제는 완전히 중독되어버린 예측 불가능한 도전으로 다시금 열정을 불어넣어야만 했다.

허허로운 날들은 몇 주, 아니 몇 달 동안 이어져 결국 우리가 알고 있는 단 하나의 해결책을 찾을 수밖에 없었다. 즉, 가지고 있던 목표를 새로운 것으로 바꾸는 것이다. 당시에는 우리가 똑같은 실수를 반복하고 있다는 사실을 깨닫지 못했다. 그 순간 중요했던 것은 그저 새로운 도전거리를 찾는 것이었고, 다시 그 익숙한 즐거움에 빠져 또 한

다른 사람과 꿈을 공유하다

번 의미 있는 일을 할 수 있다는 사실뿐이었다.

이번엔 뭘 할 수 있을까? 어디로 가야 할까? 어떻게 이룰 수 있을까? 에베레스트 산 정복을 준비할 때처럼 우리는 너무나 익숙한 이 리듬에 다시 빠져들었고, 마침내 고요했던 심장이 다시 뛰는 걸 느꼈다. 그러고는 주문과도 같은 질문들을 해댔다. 우리의 날들은 다시 한 번 새로운 에너지로 채워지고 있었다. 아침식사를 앞에 두고도 몇 시간이고 지도를 들여다보며 어떤 대륙의 지형이나 그 지역 날씨에 대해 토론하고 있자면 커피 컵은 섬이 되고 토스트 부스러기들은 해저산맥이 되었다. 우리는 새로운 도전을 위해 어떤 기술을 익혀야 할지에 대해 고민했으며, 구체적으로 어떤 가치 있는 도전을 할지에 대해서도 생각했다. 우리의 토론에서는 산악지역, 정글, 사막, 빙하지대 등 다양한 지역과 강을 지날 때 타야 할 카약, 뗏목, 열기구 등 거론되지 않은 주제가 없었으며, 그만큼 전보다 더욱 신중히 생각했다.

며칠 후, 우리는 다시 자전거 위에 앉아 있었다. 익숙한 동네 곳곳을 다니며 언덕을 오르고, 들판에서 달리기를 하고, 어린 나무들이 자라는 숲속을 가로질러 다녔다. 다시 탐험을 하는 데 필요한 체력을 기르는 것이었다. 오후 시간은 대부분 에베레스트에서 찍었던 사진과 동영상 자료를 보고, 우리의 이야기가 실린 신문 기사들을 스크랩하며 보냈다. 후에 다른 사람들에게 우리의 능력을 증명할 때 밑받침이 될 수 있는 자료들이었다.

또 한 번 우리의 하루하루는 특별한 의미를 갖게 되었고 사그라들 었던 불꽃은 다시 타오르고 있었다.

수많은 매력적인 계획들과 실현 가능한 탐험 제안서들이 쌓여가 고 있었지만, 우리 내면의 손가락은 계속 실현 불가능해 보이는 단 하 나의 아이디어를 가리키고 있었다. 하지만 그건 정말 불가능한 아이 디어였다! 그 탐험은 너무 긴 여정이 될 게 분명했고, 그 전에 터무니 없이 많은 준비가 필요할 터였다. 우리 머리로 생각해낸 것이긴 했지 만 스스로도 실소를 금할 수 없게 만드는, 진지하게 고려하는 것 자체 가 이상한 그런 아이디어였다. 그래서 더 이상 얘기하지 않기로 했다. 그 아이디어는 의식 저편 어딘가에 늘 존재하긴 했지만 우리는 일부 러 다른 계획의 장단점들을 열거해가며 그쪽으로 주의를 돌렸다.

그로부터 일주일 정도가 지났을까, 에베레스트 등반을 지원해주 었던 후원자 한 분과 연락이 닿아 런던으로 초대를 받았다. 우리는 이 만남을 위해 정확히 뭘 준비해야 할지 몰랐지만, 우선 정상에서 해당 회사의 로고를 들고 찍은 사진을 포함해 몇 가지 자료를 챙겼 다. 그리고 우리에게 있는 것 중 가장 점잖고 깔끔한 옷을 골라 차려 입었다. 등반을 하며 빠져버린 살 때문에 옷이 너무 헐렁했지만 그런 대로 봐줄 만한 것 같았다.

고풍스러운 건물들이 즐비한 버클리 스퀘어 한쪽에 자리 잡은 한 사무실 앞에서 우리는 조금 긴장된 모습으로 서 있었다. 견고해 보이는 나무문에 달린 쇠고리를 몇 번 움직이자 경쾌한 노크 소리가 복도를 울렸다.

잠깐의 정적이 흐르고 문이 살짝 열렸다가 닫히는가 싶더니, 이내 활짝 열렸다. 문 뒤로 더 없이 깔끔하게 차려입은 은발의 신사가 나타났다. 그는 아주 환한 미소로 우리를 맞았다.

"환영해요! 그리고 성공하신 것 축하드립니다. 내 이름은 알리스테어예요. 마침내 여러분을 만나게 되어서 기쁘군요."

롭과 나는 할 수 있는 한 멋진 첫인상을 남기고 진심 어린 감사를 전하고 싶었지만, 서로 먼저 소개하기를 주저하고 있었다. 그가 아니었다면 우리는 에베레스트 산 정상은커녕 네팔에 가는 것조차 힘들었겠지만, 지금까지 한 번도 직접 만난 적이 없어 긴장이 되었다. 바깥으로 볼록한 아름다운 창문 아래 놓인 테이블로 우리를 안내한 그는 앉자마자 본론부터 꺼냈다.

"정말 놀라운 일을 해냈군요. 다음 계획은 뭐죠?"

갑자기 치고 들어온 직설적인 그의 질문에 롭과 나는 더듬거리며 적당한 답변을 찾으려고 애썼다. 우선은 에베레스트에서 돌아온 이후 아침마다 지도를 들여다보며 생각해낸 수많은 아이디어들에 대해 조심스럽게 꺼내놓기 시작했다. 롭과 나는 지난 8년을 함께 성장하며 밤낮없이 붙어 다녔기 때문에 서로를 너무나 잘 알고 있었다.

작은 몸동작 하나, 손짓 하나하나가 마치 내 것인 양 상대가 무슨 생각을 하는지 알 수 있었다. 롭은 지금 너무나 말이 안 되어서 생각조차 하지 않기로 암묵적 동의를 했던 그 탐험에 대해 생각하고 있었다. 나도 마찬가지였다.

이 자리에서 그 탐험에 대한 이야기를 꺼낸다면? 불과 몇 분 전에 처음 만난 알리스테어는 지난 여행에 가장 큰 도움을 준 사람이기는 하지만 우리에 대해 전혀 알지 못했다. 혹시 이 황당무계한 아이디어를 말했다가 비웃음을 당하지는 않을까 걱정되었다. 조마조마한 기색을 감추지 못하며 우리는 계속해서 그나마 들어줄 만하다고 생각되는 계획들에 대한 이야기를 이어나갔다. 하지만 그 계획들의 장점과 문제점, 장애물들을 장황하게 늘어놓을 때마다 우리는 별로 감흥이 없는 듯한 그의 반응을 견딜 수 없었다. 결국 벼랑 끝에 몰린 기분으로 우리가 생각해낸 것 중 가장 '거대한' 그 계획에 대해 고백할 수밖에 없었다. 뒤따를 반대를 예상하며 롭과 나는 조심스럽게 입을 떼었다.

"그런데 말이죠, 사실 다른 계획이 하나 더 있긴 한데……, 우리가 북극에서 남극까지 어떤 기계의 힘도 빌리지 않고…… 음, 사람의 힘으로만, 그러니까 무동력으로만 탐험해보면 어떨까하고…… 세계 최초로요. 아니, 그게요……, 물론 시간이 무지하게 오래 걸릴 거예요, 비용은 말할 것도 없고요. 준비할 게 한두 가지가 아니겠죠…….

그러니까, 정말 황당한 생각이죠⋯⋯."

우리는 알리스테어가 뭐라 대답하기 전부터 방어 태세를 갖추고 그의 비평을 들을 준비를 하고 있었다.

⋯⋯.

"멋진 생각이네요!"

"네?"

우리는 잠깐 서로를 쳐다보고는 처음 만났을 때 보였던 그 환한 미소를 다시금 띠고 있는 알리스테어를 올려다보았다.

"같이 점심식사를 하면서 좀 더 얘기해보죠. 그리고 식사 후에 종이 몇 장을 줄 테니 구체적인 계획을 적어보도록 해요."

마치 큰 짐을 내려놓은 것 같은 기분이었다. 우리말고도 다른 누군가가 이 터무니없는 꿈에 동조할 수 있다니. 우리만큼이나 열정적으로 이 꿈에 대해 논하고, 심지어는 실현하도록 재정적인 도움을 줄 수 있는 사람이라니. 오늘 아침 런던으로 올라올 때만 해도 우리는 불확실한 미래로 인해 불안해하며, 다가오는 다음 해에 뭘 해야 할지 모르는 상태로 방황하고 있었다. 그런데 갑자기 가야 할 길을 보여주는 정확한 나침반이 나타났고, 그 덕분에 실현 가능해진 목표에 초점을 맞출 수 있게 되었으며, 이것이 우리가 지난 몇 달간 쏟은 에너지의 결과물이라는 것을 알 수 있었다.

점심식사는 되도록 빨리 끝내야만 했다. 우리는 한시라도 빨리 펜과 빈 종이가 있는 사무실로 돌아가기만을 기다렸다. 그날 오후, 우리는 전체적인 윤곽을 잡는 것을 시작으로 이 탐험의 출발선에 서기 위해 준비해야 할 것들과 문제점, 기타 필요한 것들에 대해 논하고, 연관된 모든 분야에 대해 분석을 하느라 시간 가는 줄 몰랐다. 회의실 벽은 우리가 지난 몇 주간 떠올린 생각들을 적은 종이로 빈틈없이 채워졌고, 넘쳐흐르는 에너지가 눈에 보일 것만 같았다. 이 모든 열정적인 행동과 창의적인 생각들은 속으로만 품고 있던 생각을 다른 사람과 공유하는 단순한 행동으로 인해 생명력을 얻은 것이다.

공감해주는 단 한 사람, 도움을 주겠다는 그의 약속은 불과 몇 시간 전만 해도 머릿속 상상으로만 머물렀던 꿈을 현실세계로 끄집어냈다. 누군가에게 나의 꿈을 공개하는 것, 그것은 상대를 향해 잠겨 있던 문을 열 뿐 아니라 꿈을 향해 나아갈 수 있도록 나 자신에게도 문을 활짝 열어주는 일이었다.

두어 달이 지난 어느 금요일 밤, 이 새로운 탐험의 뼈대에 어느 정도 살이 붙기 시작했다. 알리스테어는 다시 한 번 우리를 초대했다. 이번에는 런던의 한 술집에서 만났는데, 이 술집의 주인이자 영국의 코미디언인 닐 모리세이를 소개하며 에베레스트에 다녀온 모험담과 새롭게 떠날 탐험에 대한 이야기를 나눌 수 있도록 도와주었다. 유명인사를 만날 생각에 들뜬 우리는 에베레스트에서 찍은 사진 중 제일 잘 나온 것 몇 장을 큰 사이즈로 인화했고, 이제 막 제작해 반지르르 윤이 나는 자료집을 챙겼다. 자료집에는 새로운 탐험에 대한 정보가 담겨 있었는데, 닐에게 보여주기 위해 들고 갔다. 우리의 대화는 순조롭게 시작되었다. 닐은 매우 친절했고 유머가 넘쳤으며, 히말라야에서 있었던 이야기를 들을 때는 호기심에 가득 차 이것저것 질문하기도 했다. 하지만 대화가 계속될수록 즐거운 저녁식사 자리 이상으로 발전되기는 어려워 보였다. 마침내 롭이 마지막 한 발을 장전하는 저격수의 심정으로 새로운 탐험을 위해 후원자들을 찾고 있다는 말을 꺼냈다. 그러자 닐은 잠시 말을 끊고는 술집 구석구석을 두리번거렸다. 이내 그의 시선이 한 곳에 멈추었다.

"마크!"

그가 누군가의 이름을 외치자 몇 미터 떨어진 곳에 있던 두 남자가 우리 쪽을 돌아다보았다. 닐이 손짓하는 것을 보고 그들은 우리가 있는 테이블로 다가왔다.

"이 친구들 하는 얘기 좀 들어봐."

닐은 그들에게 우리가 에베레스트 산 정상에 오른 최연소 영국인이며, 북극부터 남극까지 종단하는 새로운 탐험을 준비 중인데 후원자를 찾고 있다고 재빠르게 소개를 했다. 마크와 또 다른 마크는 자신들이 스포츠 브랜드 '아디다스'의 마케팅 이사라고 소개하며 사무실이 바로 이 근처에 있다고 했다. 그들은 우리가 닐과 나눴던 긴 이

야기의 요약 버전을 듣더니, 돌아오는 월요일에 자신들의 사무실로
와서 풀버전의 제대로 된 발표를 할 수 있겠냐고 물었다.

그로부터 얼마 지나지 않아 롭과 나는 마드리드에서 아디다스 광
고 촬영을 하고 있었다. 축구선수 데이비드 베컴과 함께였다! 아디다
스는 우리가 준비하고 있는 새로운 탐험의 후원자가 되어 있었고, 광
고는 'Impossible is Nothing(불가능은 아무것도 아니다)'이라는 주제
로, 우리 탐험에 관한 내용이었다.

이것은 시작일 뿐이었다. 우리는 계속해서 최대한 많은 사람들에

다른 사람과 꿈을 공유하다

게 우리가 이루고자 하는 꿈에 대해서 이야기했다. 처음에 우리 이야기를 들은 사람이 직접 도와줄 형편이 못 되면 그들이 알고 있는 또 다른 사람이 나타났다. 사람과 사람 사이에 끈이라도 연결되어 있는 것처럼 예상치 못한 이에게 도움을 받는 계기가 되었다.

한번은 우연히 대화를 나누게 된 사람에게 우리의 탐험에 대한 이야기를 한 적이 있었다. 그는 자신의 친구 중에 요트를 소유하고 있는 사람이 있다며 어쩌면 우리가 그린란드를 떠나 북미 대륙으로 향할 때 그 친구가 요트를 빌려줄 수 있을지 모른다고 했다. 정말 뜻밖의 행운이었다. 우리의 여정은 그린란드 빙하의 한 귀퉁이에서 요트로 출발해 캐나다의 북동쪽 해변의 항구에 닿았다가 미국 뉴욕시에 정박하여 그때부터 육로로 이동하게 되어 있었다. 적어도 한 달은 꼬박 걸릴 것이었다.

최소한의 기술만으로 요트를 운영하려면 우리 둘을 포함해 네 명은 필요할 것 같았다. 2인 1조가 되어 한 명은 지름 1미터 정도 되는 키를 조종하고 또 다른 한 명은 테니스 경기장만 한 돛을 조정해야 했다. 혹독하게 추운 날씨가 오랫동안 배 위에 머무르는 것을 어렵게 만들 것이므로 잠시라도 몸을 녹이려면 두 시간마다 교대를 해야 할 텐데, 이것은 한 달 내내 두 시간 이상은 잘 수 없다는 것을 의미했다. 따라서 바다 위에 떠 있는 동안에는 매일 24시간 중 두 시간

은 갑판 위에서, 두 시간은 선실에서, 다시 두 시간은 갑판에서 일하
는 교대 근무 방식을 선택하지 않을 수 없었다.

드디어 모험을 시작했고, 다행히 우리는 이런 교대 근무 방식으로
한 달을 무사히 지냈다. 북극에서 출발하여 요트에서 한 달을 보낸
후에야 뉴욕에 가 닿을 수 있었다. 요트를 기꺼이 빌려주었던 선장님
과 그의 일등 항해사, 롭과 나까지 우리 넷은 한 달 동안 좁은 요트
안에서 기진맥진해진 상태로도 무수히 많은 이야기를 나누었다. 망
망대해 위에서 고독을 함께 즐기고, 두려운 순간과 흥분되는 순간들
도 함께 나눴다.

바람은 거의 우리를 도와주지 않았다. 남서쪽으로 향하고 있는데
하필 남서쪽에서 바람이 불어와 맞바람을 맞으며 나아가야 했다. 그
로 인해 항해는 더욱 느리고 힘들 수밖에 없었다. 바람의 방향과 힘
을 최대한 이용해야 하는데, 이런 경우에는 계속해서 지그재그의 형
태로 진행해 나갈 수밖에 없었다. 끈질기게 불어오는 세찬 바람과 파
도는 모두를 지치게 만들었다. 게다가 안개 속에서 빙산이 사방으로
퍼져 있는 바다 위를 이리저리 항해하는 일은 정말이지 괴로웠다.

거대한 얼음들이 떠다니는 바다에서 간신히 유빙 옆을 스쳐지나
간 게 한두 번이 아니었다. 특히 빛 한 줄기 없는 밤에 안개까지 잔
뜩 내려앉아 있는 상황에 최대한 주의를 기울이며 항해를 해도 어디
선가 갑자기 3층짜리 건물만 한 빙산이 나타나 코앞에 놓여 있었다.

갑판 앞쪽에서 한발 먼저 발견한 파트너가 "유빙이다!"라고 크게 소리치면 그 순간에 키를 돌려 방향을 바꾸곤 했다. 어떤 때에는 15미터나 되는 우리 요트보다 거대한 고래들을 만난 적도 있었다. 아무런 기적도 없이 갑자기 나타난 고래는 요트 옆에 바짝 붙어 따라오는가 싶더니, 등에 난 숨구멍으로 물기둥을 뿜어내고는 저 깊은 심연의 바닷속으로 그림자처럼 모습을 감추곤 했다.

항해에도 신경 쓸 것이 한두 가지가 아니었지만, 육지에 도착하면 이어나가야 할 여정 때문에 걱정도 많았다. 북미와 남미 대륙을 자전거로 지나야 했는데 여행 일정을 고려하면 하루에 적어도 200킬로미터 이상은 타야 했다. 우리는 선장님에게 고민을 토로했다. 좁은 요트에서 한 달을 보낸 탓에 우리 몸의 근육은 여위었고 그린란드를 지날 때 두 사람 모두 다리에 크고 작은 부상을 입은 상태였다. 게다가 미국은 한창 여름이 시작된 시기였기 때문에 우리 몸 상태로는 뜨거운 태양 아래에서 매일 200킬로미터씩 페달을 밟아대는 것을 도저히 견뎌낼 수 있을 것 같지 않았다. 공교롭게도 선장님의 친형이 미국에서 근육과 관절 부상 관련 의료기기 개발 회사에서 일하고 있었다. 선장님은 뉴욕에 도착하는 대로 형을 소개해주기로 했다. 우리는 뉴욕의 도시적인 부둣가에 도착한 지 얼마 지나지 않아 선장님의 형 폴을 만났다. 키가 2미터는 되어 보였고 덩치가 꽤 큰 사람이었는데, 따뜻한 미소와 온화한 인상을 가지고 있었다. 그는 우리가

여행하는 내내 사용할 수 있도록 자신의 회사에서 만든 기기를 선뜻 내주었을 뿐만 아니라 텍사스를 지날 때 댈러스에 꼭 들러 며칠 지내다 가라며 초대해주었다.

마침내 북미에서 남미 대륙으로 이동하기 위해 자전거에 올라탔다. 사이클링을 처음 시작했을 때 생각했던 것보다 훨씬 더디고 체력적으로 힘들었다. 뼛속까지 얼어붙을 것 같았던 바다 위에서와는 반대로, 이제는 매일 40도를 넘나드는 열기, 습도와 싸워야 했다. 끈적끈적한 바람을 맞으며 수천 킬로미터를 달렸다. 그러는 동안 찢어질 듯 고통스러운 근육은 폴이 빌려준 의료 기기로 달랠 수 있었다. 그의 도움이 없었다면 사이클링을 무사히 마치지 못했을 것이다.

지평선 끝에 두꺼운 반투명의 커튼이 걸려 있는 듯 희미하게 어른 거리는 신기루를 보며 우리는 길 위에서 먹고 자고 달리는 걸 반복했 다. 마침내 댈러스에 도착했을 때 우리는 만날 친구가 있다는 것이 얼 마나 반가운지 실감했다. 후텁지근하고 퀴퀴한 냄새가 나는 텐트 안 으로 들어가는 대신에 시원한 에어컨 바람이 불어오는 폴의 아늑한 아파트에서 며칠 쉬어갈 생각을 하니 천국이 따로 없을 것 같았다.

그곳에서 우리는 폴의 회사 사장님인 토미를 만날 수 있었다. 토 미는 한눈에도 미국인 사장님 포스를 풍겼다. 모든 이야기는 실제보 다 과장되었고 뭔가를 베푸는 데 후했으며 상황 판단이 매우 빠른 비즈니스맨의 전형이었다. 토미는 우리를 보자마자 두 눈을 반짝거 리며 중미를 지날 때 필요한 게 있으면 뭐든 말하라고 했다. 그는 특 히 외부인을 노리는 계획된 범행 등에 노출될 우려가 있으니 자신이 아는 멕시코 친구를 팀에 합류시키는 것이 어떻겠느냐고 제안했다. 그래서 마커스라는 멕시코 친구가 중미를 지나는 동안 우리의 지원 차량을 맡아주기로 했다.

우리는 댈러스를 떠나 토미의 동생 린이 사는 오스틴에서 마커 스와 만나기로 하고 다시 길을 떠났다. 오스틴에서 린을 만난 우리 는 다시 한 번 따뜻하고 풍성한 환대를 받았다. 그곳에 머무르는 며 칠 동안 린의 집 정원사가 우리 탐험에 대한 이야기를 듣더니, 자신 을 멕시코인 디에고라고 소개하며 탐험에 꼭 좀 데려가달라고 간곡

히 부탁했다. 디에고는 텍사스 대학에서 영상 및 영화에 대한 공부를
했는데 우리의 여정을 사진과 영상으로 기록하고 싶다는 것이었다.

북극에서 남극까지 종단(Pole to Pole)하는 탐험을 마친 후 지금 우
리에게 남은 멋진 사진과 비디오 영상 자료들의 상당 부분은 디에고
에 의해 촬영된 것이며, 그는 우리가 파나마부터 에콰도르(중미에서
남미로 넘어가는 길)까지 항해할 때에도 함께하며 큰 도움을 주었다.
그뿐만이 아니었다. 중미에서 남미로 건너갈 때 사용했던 이 요트에
도 놀라운 사연이 담겨 있다. 우리가 파나마에 도착했을 때 이미 돈
을 다 써버린 상태였기 때문에 도전을 계속 이어나갈 수 있을지 불
확실한 상황이었다. 그때 마침 멕시코시티에 살고 있던 친구의 삼촌
덕분에 HSBC 은행의 해당 지역 본부장을 알게 되었는데, 그가 탐험
후원금을 보태주는 동시에 파나마에 있는 자신의 동료도 소개해주
었다. 우리는 그의 집에서 아무런 조건 없이 한 달 동안 머무를 수 있
었고, 또한 그 가족들은 우리에게 약간의 돈을 빌려주었다. 이를 기
반으로 다시 후원금을 모을 수 있었다. 그 돈으로 우리 탐험의 로고
가 새겨진 티셔츠를 만들었다. 그리고 파나마시티에 있는 학교들을
돌아다니며 탐험에 대해 발표를 하고 티셔츠를 팔아 후원금을 조금
씩 모으기 시작한 것이다. 눈코 뜰 새 없이 바쁜 2주가 지나가고 있
었다. 우리는 서른 번이 넘는 발표를 했고, 파나마시티에 있는 수천
명의 학생들을 만났다. 한번은 이 행사들 중 하나가 지역 신문에 실

리게 되었는데, 한 요트 학교의 교장선생님이 기사를 읽고 연락을 해
왔다. 에콰도르로 가는 여정에 자신의 요트를 써도 좋다는 것이었다!
우리에게는 다시 (약간의) 돈과 요트가 생겼다. 남미로의 여정을 계속
할 수 있게 된 것이다.

　이런 일은 몇 번이고 되풀이되었다. 그리고 늘 전혀 예상하지 못한
곳에서 일어났다. 세계 최북단의 모든 것이 얼음으로 뒤덮인 야생 속
그린란드의 작은 슈퍼마켓에서, 외떨어진 페루의 작은 마을 해변에
있는 작은 쉼터 안에서 우리는 생전 처음 만난 사람들로부터 어마어
마한 도움을 받았다. 그 값으로 지불한 것이라고는 단지 우리 꿈에 대
한 이야기를 나누는 것뿐이었다. 여행 중 만난 많은 사람들에게는 우
리를 도와줘야 할 이유가 전혀 없었지만 그들은 기꺼이 그렇게 했다.
　그로부터 한참이 지나서야 우리는 우리의 이야기를 다른 이들과
나누는 일이 왜 중요한지 깨달아가기 시작했다. 그것은 그들뿐만 아
니라 우리에게도 큰 도움이 되는 일이었다.

　일단 당신의 아이디어를 다른 사람과 나눈다는 것은 상대방이 잘
이해할 수 있도록 논리정연하게 말할 필요가 있다는 것을 뜻한다. 이
때 가장 처음 맞닥뜨리는 상황은, 혼자만 품고 있던 생각을 순서에
맞게 정렬하고 납득 가능하게 만드는 과정에서 목표가 단순명료해

진다는 것이다. 목표는 가장 핵심적인 것을 중심으로 단순화되며, 이런 현상은 결국 꿈을 좀 더 현실적인 계획으로 세울 수 있게 만들어준다. 내 머릿속에서 실타래처럼 엉켜 복잡하기만 했던 생각들과 풀리지 않던 문제들도 다른 사람에게 설명하기 시작하는 순간, 논리 정연한 형태로 재배열되는 것이다. 이 과정에서 우리 내면에 있던 의문이 해소되며 꿈의 형태를 명료하게 볼 수 있게 된다.

북극부터 남극까지 무동력으로 이동한다는 것은 스키, 개썰매, 자전거, 요트 등 물리적으로 준비할 것들이 산더미같이 많다는 걸 의미했다. 하지만 우리는 은행가의 사람들이나 보험 중개인, 뱃사람들, 사이클리스트, 선생님, 의사 등 다양한 분야의 사람들을 만나 이야기를 나눴고 그들이 주는 피드백과 비평을 수용하여 생각지 못했던 도움과 해결책을 찾을 수 있었다.

두 번째로, 다른 사람에게 나의 꿈을 말함으로써 상대방과 나 사이에는 '보이지 않는 계약서'가 생성된다. 꿈이든 목표든 머릿속으로만 생각하고 있으면 실행 과정을 냉정하게 평가하기 어렵고, 혼자만 알고 있으니 포기하기도 쉽다. 하지만 가족과 친구들, 나를 지원해주는 사람들에게 내가 뭔가 할 것이라고 말하고 나면 그 일은 반드시 이루어야 하는 약속이 된다. 나를 아껴주는 사람들의 관심과 시선을 받으며, 내가 그 일을 이룰 수밖에 없는 상황에 처하는 것이다. 실행하지 않는 경우 가장 가까운 이들에게 신뢰를 잃을 수도 있기 때문에 말하지 않았을 경우보다 더 노력하게 될 것이다. 우리는 에베레스트 등반을 준비하는 긴 시간 동안 끊임없이 스스로를 의심하고 우리 자신의 나약함 때문에 벽에 부딪혔다. 그리고 지구 반 바퀴를 돌겠다는 계획을 세웠을 때도 마찬가지였다. 이렇게 길고 긴 길 위에서 비틀거리며 쓰러질 때마다 우리가 버틸 수 있었던 것은 가장 가까운 사람들에게 한 약속 때문이었다.

눈 덮인 빙하 위를 지나가다가 크레바스에 빠질까봐 두려웠던 순간, 20톤이나 되는 요트가 산채만 한 바위에 부딪혀 남극해 한가운데에서 완전히 뒤집혀버린 아찔한 순간 등 극한의 힘든 상황에서도 다른 약속들은 중요하지 않았다. 오직 나를 믿어주는 이들에게 나 스스로가 한 약속만을 생각하며 버텨냈다.

이런 상황에 맞닥뜨리면 후원자들, 그동안 공들인 시간과 막대한 양의 돈, 준비해온 많은 장비들 따위는 아무런 상관이 없어진다. 오직 가족과 친구들, 지금 이루어나가고 있는 이 꿈에 대해 가장 처음으로 이야기했던 그들의 얼굴이 떠오르며 두려움은 사라지고, 반드시 돌아가 나의 성공을 함께 축하해야겠다는 생각만 남는다. 당신이 처음 꿈을 공유하는 순간 만들어진 이 계약서가 꿈을 이루어가는 내내 힘든 순간들을 극복하게 하는 원동력이 되는 것이다.

세 번째로, 꿈에 대해 말하는 것의 가장 큰 장점은 조력자가 생긴다는 것이다. 혼자만의 힘으로 한다면 평생이 걸릴 일들도 팀을 이루어 하게 되면 단시간에 성취할 수 있게 된다. 누군가 당신에게 흥분에 가득 찬 채 자신의 꿈에 대해 열정적으로 얘기하고 있다고 생각해보자. 그 사람의 몸에서 뿜어져 나오는 듯한 뜨거운 에너지와 갈망은 당신을 금세 매혹시킬 것이다. 어렸을 적 친구들이 신나서 자전거 여행을 계획하는 것을 들었을 때 그 일을 얼마나 함께하고 싶었는지, 그 흥분 속에 함께 있고 싶었는지 모른다. 이후 얼마나 많은 사람들이 우리 탐험의 일부가 되고 싶어 하는지 깨달았을 때, 꿈을 향한 에너지와 전염력에 대해 이해할 수 있었다. 나는 우리가 에베레스트 산정상에 오를 때, 북극에서 남극까지 긴 여정을 떠났을 때 받은 도움들을 도저히 측량할 수 없을 것 같다. 하지만 확실한 것은, 직접적이든 간접적이든 우리가 받은 도움 중 단 하나라도 없었다면 결승점을 통과하기는커녕 출발선에 서 있는 것조차 불가능했을 것이라는 사실이다.

마지막으로, 가장 추상적일지도 모르겠지만 가장 아름다운 것인데, 당신의 꿈으로 주변 사람들을 감화시킬 수 있다는 것이다. 그들로부터 도움을 받든 안 받든, 그들에게 영감을 줄 수 있다는 의미이다. 우리는 학교에서 만난 사이클링 클럽과 산악 동아리의 선생님으로부터 이런 영감을 받으며 꿈을 키워갔다. 우리의 도전과 모험을 통해 누군가는 영감을 받았을 것이다. 우리의 여행에 직, 간접적으로 참여했던 사람들은 이제 자신만의 도전을 찾아가고 있다.

항해를 함께했던 존은 로마에서 런던까지 이르는 길을 50일 동안 총 45번의 마라톤으로 완주하였고, 중미에서 만난 디에고는 맹인 친구와 2인용 자전거를 타고 달려 로키 산맥의 정상에 올랐다. 다른 사람과 꿈을 공유하는 일은 그들에게 스스로를 시험할 수 있는 무대를 만들어주었을 뿐만 아니라 자신감을 심어주었고, 꿈을 이루기 위해 필요한 역량을 기를 수 있도록 했다.

이중 가장 소중한 결과는, 당신과 주변 사람들이 만들어낸 유산과 영향력은 계속해서 또 다른 꿈을 창조하는 밑거름이 될 것이라는 사실이다.

다른 사람과 꿈을 공유하다

MY CHALLENGE WILL NEVER STOP!!!

| chapter 4 |

실패로 끝나는
실패는 없다

FAILURE DOSESN'T EXIST

KEEP
GOING

자신의 꿈을 좇는 걸 두려워하지 마세요.
자신이 진정으로 하고 싶은 일에는
모든 에너지와 열정을 쏟게 마련이죠.
그런 일은 반드시 성공하게 됩니다.
그러니 당신이 할 수 있는 일을 계속해나가세요.
실패를 두려워 마세요.
'실패'라는 건 애초부터 존재하지 않으니까요.

– 세계의 청년에게
〈비정상회담〉에서 제임스 후퍼

실 패 로 끝 나 는 실 패 는 없 다

이제 몇백 미터 앞에 결승선이 보이기 시작했다. 결승선에 놓인 거대한 노란색의 아치형 구조물에는 네모난 시계가 박혀 있었다. 버킹엄 궁전에서 트라팔가르 광장까지 이어지는 붉은색 도로 '더 몰(The Mall)'이 나에겐 마치 끝없는 레드 카펫처럼 느껴졌다. 시계 속 형광색의 바늘이 느리게 움직일 때마다 물웅덩이 사이사이를 지나는 내 몸의 고통이 더욱 가중되는 것 같았다. 한 발짝 내디딜 때마다 복부부터 허벅지, 발바닥 순으로 고통이 크레센도되는 것 같았다. 무거울 대로 무거워진 허벅지는 찢어질 듯 아팠고, 발바닥은 땅에 닿을 때마다 칼로 찔리는 듯한 고통이 느껴졌다.

차가운 안개비에 흠뻑 젖은 티셔츠가 몸에 딱 달라붙어 그나마 남아 있던 온기까지 다 빼앗아가는 바람에 온몸이 부르르 떨렸다. 나의 열일곱 번째 생일 하루 전날이었지만 생일 파티는 너무 멀게만 느껴졌다.

지난 가을, 롭과 학교 친구인 리처드가 다 같이 런던 마라톤에 참가하자고 제안했다. 우리 셋 다 42.195킬로미터의 풀코스 마라톤은 처음이었지만, 더욱 걱정이 됐던 건 과연 세 명 모두 참가할 수 있느냐는 것이었다. 매해 열리는 런던 마라톤 대회에는 워낙 많은 사람들이 지원을 하기 때문에 주최 측에서는 추첨을 통해 단 3만 명의 참가자만을 선발했다. 그러니 지원하는 대부분의 사람들이 떨어지게 마련이었다. 그리고 무엇보다도 '18세 이상 참가 가능'이라는 나이 제한이 있다는 게 문제였다. 리처드는 개최일 이후면 열여덟 번째 생일이 지난 상태라 괜찮았지만, 나와 롭은 아직 열여섯 살이었기 때문에 지원서에 실제 생년월일보다 2년 더 일찍 태어난 걸로 적었다. 만약 걸리더라도 난독증이 있는 것처럼 행세하면 봐주지 않을까 싶었다. 그다지 훌륭한 계획은 아니었지만 우리가 할 수 있는 최선이었다.

몇 달이 지난 어느 날, 드디어 런던 마라톤 책임자가 보낸 세 통의 편지가 날아왔다. 우리는 조회 이후 짧은 쉬는 시간을 이용해 엽서를 회수하고 기숙사 공용 부엌에 둘러앉았다. 갓 구운 토스트를 먹으며 빵부스러기가 편지지에 떨어지지 않도록 조심히 봉투를 뜯었다. 참

실 패 로 끝 나 는 실 패 는 없 다

가 확정이 찍힌 편지 내용을 확인한 리처드의 얼굴엔 웃음이 가득했다. 이어서 내 편지를 개봉했는데, 다행히 참가 확정이 찍혀 있어 안도했다. 그때까진 모든 게 순조로웠다. 나와 리처드는 롭의 봉투를 뚫어지게 쳐다보고 있었다. 봉투를 열자마자 롭의 표정이 어두워졌기 때문에 그가 입을 열기도 전에 우리는 결과를 알 수 있었다.

"젠장! 내가 먼저 제안한 건데 나만 참가 못 하게 됐어!"

하지만 실망도 잠시, 우리는 롭과 함께 대회에 참가하기 위해 작당을 하고 음모(!)를 꾸몄다. 나와 리처드의 참가 번호를 스캔한 후 반반씩 붙여 새로운 번호를 만들었다. 실제 참가 번호표와 비교하면 어설픈 구석이 있었지만, 수많은 관중들 사이에 서 있는 롭의 번호표를 자세히 들여다보는 사람은 없을 거라 생각했다.

마라톤 당일 아침, 롭과 나는 참가자들의 가방을 보관하는 곳 입구에서 리처드를 만나기로 했다. 가볍게 비가 내리고 있었고 날씨가 꽤 쌀쌀해서 거의 모든 사람들이 외투를 걸치고 있었다. 흐린 날씨는 우리 편이었다. 행사 관리자가 참가 번호를 볼 수 있도록 외투를 살짝만 치우면 되었으므로 아무도 롭의 번호를 자세히 볼 수 없었고, 우리는 무사히 검사대를 통과했다. 다만 우리가 출발선을 넘어간 지 얼마 안 되었을 때, 약간의 문제가 생겼다. 본격적으로 달리기 위해서 외투를 벗었는데, 다른 참가자들이 차고 있는 공식적인 번호표와는 달리 일반 종이에 인쇄한 롭의 번호표가 비에 젖기 시작한 것이다. 점점 쭈글쭈글해지고 잉크는 얼룩져 급기야 검은색 물이 흘러내리기 시작했다.

아직까지 눈치 챈 사람은 없었고, 어차피 우리는 이미 달리기 시작했다. 출발선 양쪽에서 우산을 들고 서 있는 수천 명의 관중들 사이를 지나 참가자들 속에 섞여 적당한 속도로 달려 나갔다. 비가 끊임없이 내리고 있었지만, 주위를 둘러싼 수많은 다른 참가자들의 에너지 그리고 함께하는 친구들이 있다는 생각 덕분에 힘이 든 줄도 몰랐다.

거의 중간 지점에 다다라 런던의 대표적 명소 타워브리지를 만났다. 다리 양 끝에 놓인 고딕풍 쌍둥이 타워가 변덕스러운 회색빛 하늘을 찌를 듯 서 있었다. 다리를 건너려고 기다리다가 한쪽 신발끈이 풀린 것을 알아차렸다. 다른 참가자가 밟기라도 하면 고꾸라질 수도 있겠구나 싶어서, 롭과 리처드에게 손을 흔들어 신호를 보내고 무릎을 꿇고 앉아 신발끈을 동여맸다. 그리고 다시 일어서려고 하는 그 짧은 순간, 갑자기 온몸의 기운이 다 빠져나가고 누군가 내 양쪽 발목에 무거운 추를 매달아놓은 것 같은 기분이 들었다. 간신히 다시 달리기 시작했지만 절뚝이며 가느라 속도가 점점 느려졌다. 롭과 리처드를 따라잡겠다는 희망은 사라졌다. 달리기를 단념하고 걷다가 뛰다가를 반복했다. 겨우 몇백 미터를 더 가겠다고 있는 힘을 다 쥐어짜는 내 자신이 가련해 보이기까지 했다.

고통은 커져만 갔고 설상가상으로 찬 공기 속에 다리는 점점 얼어
붙는 것 같았다. 결승선을 밟지 못할 거라는 생각에 절망감에 사로잡
혔다. 8킬로미터가 남은 상태에서 할 수 없이 경로 밖에 마련된 의료
지원소로 들어갔다. 땀과 비에 푹 젖어 덜덜 떨고 있는 나에게 친절
한 간호사가 다가와 담요를 둘러주었다. 열이 나는 근육 진정제를 발
라 뭉친 다리 근육을 푸는 동안에는 살 것 같았지만, 다시 나가 마라
톤을 끝내기 위해 달릴 생각을 하니 정말 끔찍했다.

드디어 길 양쪽에 잔뜩 늘어선 관중들의 함성소리가 들리고 노란색 아치형 구조물이 눈에 들어왔다. 감동에 가슴이 벅차올랐지만, 기대에 찬 사람들의 시선 속에 걷고 있다는 창피함이 더 컸기 때문에 남아 있는 마지막 힘까지 전부 끌어모아 천천히 달렸다. 결승선을 지나자마자 나는 우울한 회색빛 하늘 아래 철퍼덕 주저앉았다. 온몸은 흠뻑 젖고 모든 에너지가 고갈된 상태로 와락 울음을 터뜨렸다. 이렇게 체력적으로 고된 일은 겪어본 적이 없었을 뿐만 아니라, 마라톤을 완주하는 동안 절대 걷지 않기로 했던 친구들과의 약속도 지키지 못했기 때문이다.

그렇게 꽤 오래 앉아 있었지만 내 상태는 조금도 나아지지 않았다. 다리는 여전히 뻣뻣하게 굳어 있었고 걸음을 뗄 때마다 극심한 고통에 휩싸여 간신히 걸을 수 있을 정도였다. 집으로 돌아가기 위해 기차역에 도착했을 때 롭과 리처드는 이미 가고 없었다. 알고 보니 롭에게도 좋지만은 않은 하루였다. 결승선이 채 200미터도 남지 않았을 때 잉크가 줄줄 흘러내리고 종이반죽처럼 변해버린 롭의 번호표를 본 진행요원이 그를 불법 침입자로 간주하여 럭비식 태클로 저지하는 바람에 결승선을 통과하지 못했다는 것이다.

*

산을 우회하는 길은 반쯤 언 진흙탕 같았다. 무릎 깊이까지 빠지는 진흙탕 때문에 자전거용 경량화는 물에 흠뻑 젖었다. 출발할 때만 해도 이 무거운 자전거를 어깨에 메고 고통스럽게 걷게 되리라곤 상상도 못했다.

지도를 확인해보니 계곡을 따라가는 길은 생각보다 길었고 자전거 통행이 제한된 터널들도 여러 개 있었다. 다행히 그 옆으로 산을 넘어갈 수 있는 또 다른 작은 길이 표시돼 있었다. 그 길을 이용하면 오늘 계획했던 거리보다 수십 킬로미터를 더 갈 수 있을 뿐만 아니라 제한된 구역을 피해갈 수도 있었다. '잘못될 게 뭐가 있겠어?'라는 단순한 생각으로 우리는 계획에 없었던 가파른 오르막길에서 힘차게 페달을 밟고 있었다. 정상에는 작은 주차장이 있었고 풀로 덮인 울퉁불퉁한 흙길이 산마루를 따라 이어져 있었다. 길은 우리가 기대했던 것보다 훨씬 좋지 않았다. 돌투성이 길 위에서 짐을 가득 실은 자전거의 얇은 바퀴가 버텨줄지 걱정이었다. 하지만 전에는 이보다 더 안 좋은 길에서 자전거를 탄 적도 있다며 스스로를 다독였다.

불안감을 달랠 겸 지나가는 현지인을 붙들고 의견을 물었다. 안타깝게도 그의 영어 실력은 매우 좋지 않았고 우리는 노르웨이어를 한마디도 할 줄 몰랐다. 결국 우리가 할 수 있는 것이라고는 지도의 길과 자전거를 번갈아 가리키며 궁금하다는 표정으로 어깨를 들썩이는 것이었다. 상대방은 처음에는 이해할 수 없다는 듯 난처한 표정을 지었지만 수차례 시도한 끝에 조금씩 알아듣는 것 같았다. 그러고는 잠시 생각하는가 싶더니, 양팔로 X자를 만들며 어눌한 영어로 'No'를 반복해서 외쳤다. 분명 지도에는 산을 가로지르는 직선의 길이 나 있었는데도 왜 안 된다고 하는지 알 수 없었다.

"아마 우리가 무슨 말을 하는 건지 전혀 이해하지 못했나 봐."

우리는 그렇게 말하며 다시 자전거에 올라 주차장을 지나 산길로 향했다.

처음에는 너비가 2미터 정도였던 길이 가면 갈수록 점점 더 좁아 졌고, 결국 길은 풀숲으로 뒤덮여버렸다. 흙바닥은 자전거 바퀴 자국만 간신히 날 정도로 좁아졌다. 20분 정도 지나자 지도상에 있던 송전탑이 나타났는데, 그 왼쪽으로 꺾어지는 길이 보이지 않았다. 길이 있긴 했으나 실제로는 무성하게 자란 가지들 때문에 희미하게 사라져가고 있었던 것이다. 하지만 자전거로 달리기에 괜찮을 것 같았다. 그동안 지나다닌 사람이 별로 없어 그런 것이지 우리가 반대편으로 내려가고 나면 길이 좀 더 다져질 거라 생각했다. 길에 키가 작은 초목들이 무성하게 나 있어서 발목과 자전거 페달이 가시에 긁힐 것이 염려되었다. 그래서 우리는 자전거에서 내려 한쪽으로 끌며 산비탈에 설치된 송전탑들을 따라 걸어 내려갔다.

산을 내려오기 시작한 지 한 시간 정도 지났을 때 길이라고는 아예 흔적도 없이 사라지고 졸졸 흐르는 산골짜기의 시냇물이 나타났다. 30킬로그램이 넘는 자전거를 끌고 바위 경사면을 타고 내려오느

라 지칠 대로 지친 우리는 길이 점점 보이지 않게 되자 짜증이 밀려왔다. 벌써 오후 4시가 넘어가고 있었다. 롭과 나는 잠시 앉아 점심으로 싸온 비쩍 말라붙은 견과류와 초콜릿 등을 먹기 시작했다. 다행히 구름 뒤로 태양이 모습을 드러냈고 따뜻하고 깊은 황금빛으로 우리를 감쌌다. 이미 날이 저물어가고 있어 온기가 많이 식기는 했지만 아침에 보았던 암울한 회색빛의 하늘보다는 훨씬 나았다.

앉아서 쉴 수 있는 시간이 그렇게 많이 남지 않아 다시 지도를 꺼내 들었다. 우리가 가려던 길이 어디로 사라졌는지 찾아내야만 했다. 분명 지도를 잘 따라가고 있는 것 같았지만 주변을 둘러보니 아까부터 계속 이어진 송전탑들만 보였다. '아뿔싸!' 그제야 궁금증이 해소됐다. 지도의 선은 길이 아니라 송전탑의 전선을 표시한 것이었다. 주차장에서 만난 남자의 말을 들었어야 했다. 그는 우리의 말을 정확히 이해하고 앞으로 하게 될 어리석은 행동에 대해 미리 경고하려고 했던 것이다.

하지만 이미 너무 멀리 와버렸고 다시 돌아갈 수는 없었다. 일일 목표 거리를 달성하지 못하면 꽉 짜인 일정이 줄줄이 어그러질 것이었다. 게다가 지금까지 오는 동안 저녁에 먹을 식량을 구할 수 있는 가게를 하나도 보지 못했다. 우리는 어쩔 수 없이 계속 전진하는 것으로 의견을 모았다. 얼마 지나지 않아 무릎까지 빠지는 늪지에서 온몸이 진흙투성이가 된 채 우리의 선택이 현명하지 않았다는 것을 깨달았다. 계곡까지 내려가려면 소나무가 빽빽하게 들어찬 울퉁불퉁하고 가파른 숲을 지나야 했는데, 페달걸이가 붙어 있는 자전거용 운동화를 신고 길을 내며 한참을 걷기란 쉬운 일이 아니었다.

해가 지자마자 급격히 떨어진 온도 탓에 오들오들 떨던 우리는 드디어 피오르드(빙하의 침식으로 만들어진 골짜기에 바닷물이 들어온 좁고 긴 만) 아래쪽에 위치한 고속도로를 만났다. 진흙으로 범벅이 된 자전거에 겨우 다시 올라타 쌩쌩 달리는 차들을 피해 달렸다. 가장 가까운 출구를 찾아 도로를 건넜는데, 지도에는 그곳에 작은 마을이 표시되어 있었다. 우리는 그날 밤을 보낼 캠핑 장소를 찾기 전에 필요한 보급품들을 구매할 수 있을 거라는 희망을 안고 가게를 찾아 마을로 들어갔다.

마을이 존재하긴 했지만 우리가 상상했던 것과는 완전히 다른 분위기였다. 인적이 매우 드문 작은 시골 마을인데다가 식료품을 살 만한 가게는 어디에도 없었다. 배에서는 꼬르륵 소리가 났다. 해는 거의 저물어가는데 머물 곳은 없었고, 날은 너무 추웠다. 우리는 지칠 대로 지쳐 있었다. 롭과 나는 마지못해 다시 자전거에 올라 터덜터덜 마을을 빠져나왔다. 몇 킬로미터를 더 내려가자 잔디로 된 마당이 있는 경찰서가 나타났다. 발견했다! 여전히 오늘의 목표 거리가 많이 남아 있어 망설이긴 했지만 그냥 텐트를 치기로 했다.

"최소한 여기는 안전하겠지."

안전하긴 했지만 배고픔과 추위로 인해 우리는 밤새도록 잠을 설쳐야 했다. 다음 날, 우리 텐트에 내리쬐는 햇볕을 보자 안도감이 밀려왔다. 오늘은 어제 미처 달성하지 못한 목표 거리를 채워야만 했다. 우선 먹을거리를 살 만한 가게를 찾기 위해 서둘러 침낭을 정리하고 문을 열었는데, 텐트 지붕에 쌓인 눈 한 무더기가 미끄러지며 내 뒷목에 쏟아졌다. 밤새도록 고요하게 내린 눈이 온 세상을 하얗게 뒤덮었고 벌써 10센티미터 정도는 넘게 쌓여 있었다.

"롭, 밖을 좀 봐! 아무래도 어제 우리가 달성하지 못한 거리는 오늘도 채우기 힘들 것 같아."

스판틱 산 등반을 위해 산 아래에 닿는 것만으로도 험난한 여정이었다. 우선은 이슬라마바드에서 스카르두까지 비행기를 타고 75분 정도 날아가야 했다. 그후에는 북쪽에 위치한 작고 고립된 아란도라는 마을 초입의 초고룽마 빙하 입구까지 가야 했는데, 차로 꼬박 하루를 달려야 닿을 수 있었다.

몹시 복잡한 상황이었으므로 초반부터 일이 순조롭게 풀릴 것 같지는 않았다. 세계에서 두 번째로 높은 봉우리인 K2가 있는 히말라야의 서쪽 끝에 위치한 카라코람 산맥은 예측이 불가능한 날씨로 유명했다. 날씨는 우리에게도 예외는 두지 않는 듯했다. 지난 몇 주간 스카르두로 향하는 항공편들의 결항이 이어졌고 변덕스러운 파키스탄의 우기가 한창이었으니 탁 트인 시야를 갖기 어려웠다. 그래서 비행기를 타는 대신 북쪽으로 611킬로미터나 되는 거리를 이틀에 걸쳐 차로 이동해야 했는데, 엄청난 양의 먼지를 뒤집어쓴 채 울퉁불퉁한 노면을 가슴 졸이며 달려야 했다. 파키스탄의 수도에서 북쪽으로 뻗어나가는 이 도로는 바로 카라코람 고속도로였다. 험준한 산악 지형에 도로라는 것을 낸 것만으로도 인류 공학 기술의 위대함을 보여주는 것이었다. 이 위험한 도로는 건설 과정에서 수많은 노동자들의 목숨을 앗아갔을 뿐만 아니라 현재 일일 교통사고 횟수만 해도 어마어마했다.

도시를 벗어나면 대부분의 도로는 포장되어 있지도 않고 차선은 하나뿐이다. 북쪽으로 향하는 주요 도로인 카라코람 도로 위에도 수많은 사람들을 실은 승용차와 미니버스들, 트랙터, 오토바이 그리고 대형 트럭들까지 온갖 종류의 차들이 모여들었다. 모두 제 갈 길을 서두르는 이 혼잡한 도로는 자신의 운명을 알라의 뜻에 맡긴 채 달려대는 운전자들로 무법 천지였다. 깊은 협곡이나 계곡 위로 한참이나 위태롭게 달려가야 할 때도 있었고, 산 중턱의 절벽에서 툭 튀어나온 도로의 아래를 받쳐주는 기둥이나 보호해주는 난간도 없어 아슬아슬하게 지나가야 하기도 했다. 부드러운 성질의 역암으로 이루어진 바위는 뜨거운 햇볕이나 장마비에 주기적으로 부서져 도로 위에 돌무더기를 만들어놓고 절벽에서 떨어진 돌은 도로 바닥을 움푹 파놓기도 했다.

위험한 돌무더기들은 둘째 치고 여러 부족들의 지역을 지나는 도로 위를 통과하는 동안 강도와 유괴범들에게 해를 입을 수 있다는 것은 익히 알려져 있는 사실이기 때문에 날이 저문 후에 여정을 계속하는 것은 바람직하지 않았다. 어느 쪽이 더 겁나는 일일지 알 수 없었다. 깜깜한 밤 우리의 자동차가 통째로 절벽 아래로 굴러 떨어지는 것일지, 아니면 난폭한 강도들에 의해 차가 멈춰지는 것일지.

그리고 음식도 문제였다. 파키스탄에도 다양하고 맛있는 음식들이 즐비하다는 것은 의심할 여지가 없었지만 산악 탐험의 특성상 고

급 요리를 먹는다는 것은 상상도 못할 일이었다. 파키스탄의 시골 마을 사람들은 대부분 빈곤한 삶을 산다. 투자도 잘 이루어지지 않고 교육의 기회가 부족해 위생 상태뿐만 아니라 음식 준비를 하는 환경의 수준도 매우 열악했다. 스카르두로 향하는 차 안에서의 이튿날 아침, 전날 묵었던 도로가에 있는 작은 숙소에서는 점심 때 도로 위에서 먹을 샌드위치를 싸주었다. 나는 너무 배고팠던 탓에 평상시라면 따랐을 여행자들을 위한 음식에 관한 조언 따위는 무시하고, 회색빛으로 썩기 시작한 퀴퀴한 냄새가 나는 그 샌드위치를 한 입에 먹었다. 그리고 차라리 배를 곯는 게 낫다고 생각한 다른 친구들의 샌드위치까지 모두 먹어버렸다. 그날 밤 스카르두에 도착했을 때 속이 뒤틀리며 시작된 두통과 미열 때문에 나는 일찍 잠자리에 들었다. 하지만 몇 분도 채 안 되어 화장실로 급하게 뛰어가야 했다.

나는 다음 36시간 동안 정신이 혼미한 상태로 침대 위에 축 늘어져서는 눈꺼풀을 들어올리거나 팔을 움직일 힘조차 없었다. 간간이 느껴지는 울렁거림으로 화장실에서 모든 것을 게워내기를 반복한 지 수차례, 나는 완전히 탈진한 상태였다. 다행히 아란도로 출발하는 날 아침에는 어느 정도 회복되었지만 덜컹거리는 지프차가 울렁거리는 속에 도움이 될 턱이 없었다. 이날은 롭마저도, 심한 것은 아니었지만, 메스꺼움을 느끼고 있었다.

아란도에 도착하고 3일 동안 우리는 험준한 산들로 둘러싸여 마

치 원형경기장에 들어와 있는 것 같은 느낌을 주는 초고룽마 빙하길
에 올랐다. 꽁꽁 얼어붙어 거대한 뱀처럼 길고 구불구불하게 이어지
는 이 빙하길은 그 끝이 스판틱 산의 베이스캠프와 맞닿아 있다. 드
디어 빙하 위의 베이스캠프에 다다르자, 시작부터 기를 죽이는 스판
틱 산의 도입부인 거대한 흑색의 삼각형 모양의 바위가 그 위용을
자랑하고 있었다. 그곳까지 오르는 내내 우리 옆에서 빙하를 태연하
게 뛰어넘어 다니던 염소는 이제 키친 텐트 옆에 묶여 있었다. 그리
고 우리 눈 바로 앞에서 마지막 울음소리를 내지르고는 인정사정도
없는 원정대 요리사에게 목을 내주었다. 1시간이 채 되지 않아 염소
의 뼛조각과 쫄깃쫄깃한 연골이 잔뜩 담긴 기름진 스튜가 제공됐다.
드문드문 남아 있는 염소의 털이 목구멍을 지나는 게 느껴질 때마다
도저히 더 이상은 먹을 수 없을 것 같았다. 우리의 첫 고산지대 원정
의 시작이 썩 환영받고 있는 것 같지는 않았다.

　베이스캠프에서의 날씨는 극과 극을 달리고 있었다. 낮에는 계곡
을 가득 채우는 강렬한 여름 햇살이 내리쬐었고 뒤로 난 어두운 갈
색의 암벽이 이 열기를 가둬서 우리의 야영지를 구워대고 있었다. 밤
에는 우리의 텐트가 놓여 있는 빙하가 남아 있는 온기를 빠르게 흡
수했고 저 높은 봉우리의 차가운 바람이 계곡을 통해 불어내려와 베
이스캠프를 거대한 냉장고로 만들었다. 낮 동안 제일 뜨거워졌을 때
는 빙하가 녹은 물이 한데 모여 계곡을 따라 흐르는 소리가 공기 중

을 가득 채웠고, 빙하 바닥에 난 깊은 크레바스 속으로 물이 빨려들어가는 모습은 마치 블랙홀을 보고 있는 것 같았다. 하루는 잘 알지도 못하고 머리를 감기 위해 계곡 물에 머리를 담갔다가 순간적으로 얼음 망치가 뇌를 치는 듯한 느낌에 기절할 뻔했다. 몇 미터 떨어지지 않은 곳에는 이 세차게 흐르는 얼음장같이 차가운 물이 커다란 동굴의 입속으로 빨려들어가고 있었으니, 하마터면 나까지 휩쓸려갈 뻔했다. 점차 시간이 지나면서 우리는 높은 고도의 환경에 적응해가고 있었다. 텐트와 로프, 각종 장비들을 챙겨서 커다란 배낭이 꽉 차도록 빽빽하게 챙겨넣고 긴 산행을 맞이할 준비를 마쳤다. 첫 번째 목표는 스판틱 정상으로 향하는 눈 쌓인 산등성이에 도달하기 위해 꼭 지나쳐야 하는 가파른 삼각바위의 한 면을 기어오르는 것이었다.

우리를 둘러싼 방대한 자연 속에 다닥다닥 붙어 걷고 있는 우리는 마치 긴 개미 군단의 일부처럼 보였다. 세일로 쌓인 경사면의 암석들이 계속 흘러내리는 바람에 길을 오르기 위해 두 걸음을 떼면 미끄러져 내리는 지면은 우리를 한 걸음 후퇴시켰다. 게다가 먼저 올라간 팀원들에 의해 흘러내리는 돌덩이들로 계속해서 위험한 상황이 연출되었다. "돌 조심하세요!"라는 경고의 함성이 들리고 난 지 몇 초도 되지 않아 달가닥거리며 마구 흘러내리는 뾰족한 암석들을 피하고 나면 또 얼마 지나지 않아 다시 "돌 조심하세요!"라는 함성이 들려왔다. 다만 이렇게 위험천만한 땅 위의 총탄들을 피하는 데 집중하느라

실패로 끝나는 실패는 없다

잠시나마 완전히 지쳐버린 허벅지 근육의 통증은 잊을 수 있었다. 그리고 정상을 향하는 우리의 감격스러운 첫 번째 등반 시도는 계곡을 향해 뒤를 돌아볼 때 펼쳐지는 웅장한 경치로 보상받고 있었다.

이렇게 위에서 보니 빙하길은 마치 회색, 갈색, 노란색의 띠가 차례대로 쌓여 있는 무지개처럼 보였다. 물이 곡선 길을 돌아쳐 나갈 때 근처에 있던 산의 바위에서 깎아낸 암석들을 실어다가 오랜 시간 물결을 따라 긴 무늬를 그리면서 빙하 위에 쌓아놓은 것이 이 엄청난 규모의 초고룽마 빙하지대를 만든 것이다. 저 멀리까지 보이는 지평선은 마치 요동치는 바다 위에 수천 마리 하얀 상어들의 등지느러미를 물 밖으로 꺼내놓고 질주하는 듯한 모습이었다. 여태껏 학교 도서관의 책 속에서만 봐왔던 우뚝 솟은 산봉우리들이 마침내 진짜로 우리 눈앞에 있었다. 계속해서 터덜터덜 위쪽으로 오르다 보니 산마루 위에 텐트를 칠 만한 공간이 있었다. 두 개의 텐트가 겨우겨우 들어갈 만한 자리였지만 우리는 충분히 아늑한 캠프1을 찾은 것 같았다.

우리는 휴식도 취하고 필요한 물품들을 더 챙겨 가기 위해 베이스 캠프로 돌아왔다. 일주일 후 우리는 좀 더 넓은 면적에 눈이 덮여 있는 6천 미터 정도의 고도에 있는 경사면까지 올라갔다. 해질녘 우리는 이 경사면 위에 자리를 잡은 캠프2에서 텐트를 치고 하늘을 올려다보았다. 바로 머리 위의 하늘에는 노을을 받아 붉은 오렌지 빛깔을 띠는 한 줄기의 구름이 수놓여 있었고 희미하게 반짝이는 별들로 가

득했다.

그날 저녁의 날씨는 다음 날 마지막 캠프3까지 정복하기에 딱 좋을 것 같았다. 어쩌면 정상까지 가는 것도 가능할지 몰랐다. 롭과 나는 캠핑 스토브에 불을 붙이고 저녁식사를 준비할 물을 만들기 위해 눈을 가득 채운 냄비를 끓이면서 그곳까지 순조롭게 오게 된 것에 만족하며 지난 몇 달간의 여정을 회상하고 있었다. 이 원정길에 오르려고 우리는 각각 4천 파운드(약 720만 원)나 되는 돈을 모으기 위해 정말 끊임없이 일해야 했고, 이제 곧 그 노력의 결실을 맛볼 생각을 하니 흥분에 사로잡혔다. 캠핑용 건조 식사는 내가 먹어본 것 중 가장 맛있는 음식은 아니었지만 베이스캠프에서 먹는 음식보다는 훨씬 맛있었다. 게다가 곧 여정이 성공적으로 끝나게 될 순간이 코앞으로 다가오자 그보다 더 맛있는 식사는 없을 것 같았다.

아직 밖은 어두웠지만 오늘은 긴 하루가 될 것 같다는 생각에 우리는 부지런히 이른 아침을 맞을 준비를 했다. 하지만 뭔가 이상했다. 고요했던 전날 밤과는 달리 텐트의 천이 바람에 사정없이 펄럭였다. 텐트 문에 난 작은 구멍을 열어 밖을 내다보는 순간 가슴이 철렁 내려앉았다. 밖에는 눈보라가 심하게 몰아치고 있었고 강풍이 심해서 가까이에 있는 다른 등산 멤버들의 텐트조차 분간이 안 되었다. 시간이 지나 어둠이 걷히자 어디가 어딘지 갈피를 잡을 수 없을 정도로 모든 것이 하얀 이불로 덮여버렸다.

오늘 등반을 계속하는 것은 무리였다. 우리는 할 수 없이 다시 침낭 속으로 들어가 계속해서 전진하고 싶은 마음을 누그러뜨릴 수밖에 없었다. 또 그다음 날도 아무것도 하지 못한 채 서서히 저물어가고 있었다. 3일째가 되자 드디어 날씨가 호전되고 있기는 했지만 이번에는 정상에 오르는 길에 쓰려고 챙겨두었던 음식과 필요한 소모품들이 모두 바닥이 났다. 게다가 우리가 올라야 할 경사면은 이제 허리까지 차오르는 새로운 눈으로 뒤덮여 자칫하면 눈사태가 일어날 수도 있는 상황이었다. 거기까지였다. 그렇게 우리 여정은 막을 내려야 했다. 우리는 다시 짐을 꾸려 그냥 산을 내려가야 했다. 그동안 쏟아부은 시간과 돈, 에너지 그리고 노력은 전부 물거품이 되었고, 생애 첫 정상을 향한 도전은 실패로 돌아갔다.

*

지금까지 써내려온 모든 이야기들은 전부 실패로 끝이 났다. 풀코스 마라톤 완주에 실패한 것, 고작 이틀 여정으로 계획한 장거리 자전거 여행에 실패했던 것, 그리고 필요한 나의 모든 것을 투자해 떠난 스판틱 정상에 오르는 데 실패한 이야기. 이 모든 순간들은 영광스럽지도 않았고 '해피 엔딩'으로 끝나지도 않았다. 하지만 이 실패들은 너무나 중요한 자산이 되었다. 실패라는 것은 우리가 거기에 어떤 의미를 부여하느냐에 따라 달라진다. 실제 삶 속에서 실패가 마지막을 의미하는 경우는 거의 없다. 어떤 일을 하는 과정이나 그 일이 끝날 때 실패를 겪기도 하지만 그것이 우리가 그 일을 계속 해나가는 데 필요한 능력을 완전히 앗아가는 것은 아니다. 그러니 단기적으로는 어떤 목표를 달성하는 데 실패한 것처럼 보이더라도 그것이 완전한 실패를 의미하지는 않는다. 단지 이번에 왜 실패했는지 곰곰이 생각해보고 다음 시도에 성공할 확률을 높이면 된다. 이렇게 보면 실패는 끝이 아니다. 그저 '실패'가 다시 나타나지 않을 때까지 계속 겪어야 하는 성공을 향한 배움의 과정이다. 이제 다시 나의 세 가지 이야기를 찬찬히 읽어보면 완전히 다른 각도의 결론을 내리게 될지 모른다.

참을 수 없는 고통 속에 나는 생애 첫 마라톤을 완주하지는 못했다. 하지만 그 일을 계기로 잘 짜여진 훈련 계획을 따를 필요가 있다는 것을 깨달았다. 무턱대고 일주일에 두세 번 정도 몇 킬로미터를 뛰는 것으로 충분하겠지 생각하는 것보다는 계획에 따라 점차적으로 힘과 지구력을 길러나갔다면 결전의 날에 완벽하게 준비가 되었을 것이다. 이제는 비슷한 종류의 목표를 만날 때마다 이렇게 찾아낸 새로운 방법으로 접근하니 항상 원하는 목표에 도달할 수 있게 되었다. 나는 실패한 것이 아니었다. 그저 배울 기회를 얻었던 것이다.

또 롭과 나는 노르웨이에서 자전거 여행을 시작하자마자 도전할 코스에 대해 충분한 사전조사를 하지 않고 올바른 장비를 챙겨가지 못한 것에 대한 대가를 톡톡히 치러야 했다. 영국과는 다른 노르웨이의 계절과 날씨에 대한 이해를 제대로 하지 못한 채, 우리는 민망할 정도로 짧은 목표 거리를 채우지 못했을 뿐만 아니라 원래 가려고 했던 길을 갈 수도 없게 되었다.

하지만 이 일이 있은 후, 우리는 앞으로 가게 될 장소에 대한 조사를 깐깐하게 하게 되었고 떠나기 전에는 가능하다면 먼저 그 장소에 가봤던 사람들의 조언을 구하려고 노력했다. 그래서 노르웨이에서 겪었던 이 대참사가 두 번 다시는 일어나지 않았다. 그러니 이것도 실패는 아니었다. 나는 또 배웠을 뿐이었다.

파키스탄에서는 열일곱 살의 나이에 가지고 있는 것을 모두 쏟아 부어 정상에 오르려고 도전했다. 하지만 우리가 제어할 수 없는 요인으로 인해 실패할 수밖에 없었다. 그 순간엔 엄청난 실망감에 모든 노력이 헛되이 느껴졌다. 하지만 우리는 여기에서도 무언가를 배웠다. 이 여정을 통해 고산지대를 오를 때 겪게 되는 극적인 환경에서 필요한 수많은 요령들을 배웠다. 우리는 열악한 날씨에도 불구하고 터득한 요령들을 연습할 수 있는 위험한 상황들에 맞닥뜨리며 무사히 살아 돌아왔다. 그리고 여기에서 그 무엇보다 값진 교훈을 얻었다. 즉, 목표를 이루는 것보다 새로운 경험들을 하게 하는 그 과정 자체가 중요하다는 사실이었다.

POLE to POLE

START

GREENLAND

CANADA

NEW YORK

MEXICO

GUATEMALA

COSTA RICA

LIMA

To The South Pole

● ANTARCTICA

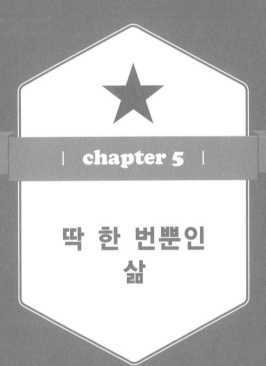

chapter 5

딱 한 번뿐인
삶

YOU ONLY LIVE ONCE

MAKE
YOUR LIFE
SPECIAL

열심히 일하고 많은 돈을 벌며 살 수도 있지만
그건 친구나 가족들과 함께하는
행복과 비교할 수 없어요.
또한 스스로에게 새로운 경험을 줄
기회들도 놓치게 되죠.
당신의 삶은 매우 특별하다는 걸 잊지 마세요.
딱 한 번뿐인 삶입니다.

– 세계의 청년에게
〈비정상회담〉에서 제임스 후퍼

딱 한 번뿐인 삶

롭과 내가 고등학교를 졸업할 시기가 되었을 때 우리 주변에 있던 모든 친구들은 가히 광적이라고 할 만한 경쟁 분위기에 사로잡혀 있었다. 한국의 입시 경쟁 분위기와 크게 다르지 않았다. 그들에게는 가장 높은 성적, 시험 결과에 따른 순위, 명문대 입학이 인생의 전부인 것 같았다. 아주 어린 나이부터 그런 것들이 맹목적인 목표로 자리 잡아왔다.

명문대에 진학하고, 돈을 더 많이 벌 수 있는 직업을 갖고, 물질적으로 많이 소유할수록 성공적인 삶이라는 가치가 노골적으로 주입되었다. 단 한 번도 '정말 대학에 가고 싶니?', '어떤 공부를 하고 싶니?'라는 질문은 받은 적이 없었다. 대신 '어느 대학에 가고 싶니?'라는 질문에서부터 시작해야 했다.

우리 대부분이 처음 학교를 떠나 어른이 되기 위한 결정을 내릴 때, 이런 사실을 미처 깨닫지 못하기 때문에 그 과정에서 '나'는 존재하지 않는다. 대학을 가는 것이 나쁘다는 것이 아니다. 물론 대학은 많은 사람들에게 훌륭한 교육의 장으로서 역할을 하고 있다. 하지만 사람들은 스스로 생각을 가지고 내린 결정에 더욱 책임감을 느끼고 노력을 기울이기 마련이다.

열여덟 살 무렵의 롭과 나는 대학에 관심이 없었다. 우리는 모험과 탐험에 푹 빠져 있었고 이것은 '큰 문제'였다. 부모님과 많은 선생님들, 다른 가족들과의 충돌을 피할 수 없었다. 다행히 서로가 있었기에 자신감을 잃지 않고 다른 사람들이 기대하는 것과는 다른 길, 우리가 결정한 길을 갈 수 있었다. 처음에는 계속 뒤를 돌아다보며 우리가 내린 결정이 과연 옳은 것일까 걱정하고 주저했지만, 그럴 때마다 롭과 나는 서로에게 확신을 주는 존재였다. 각자 의심에 빠지는 순간이 올 때마다 서로를 보며 우리는 하고 싶은 걸 하고 있다는 사실을 떠올렸고, 이 길로 인해 더 많은 즐거움과 행복을 얻고 있다고 믿었다.

그때만 해도 우리는 앞으로 몇 년 동안 믿을 수 없을 정도로 놀라운 경험과 기회 들을 맞이하게 되리라는 사실을 알지 못했으며, 이 시기가 우리 인생에서 얼마나 큰 의미를 차지하게 될지 알 수 없었다.

폴투폴(Pole to Pole)

바다얼음은 우리가 음료를 시원하게 마시기 위해 넣는 각얼음과 다르지만, 아주 능숙한 항해사의 심장마저 벌렁거리게 만드는 거대한 빙하와도 전혀 다른 성질을 갖고 있다. 방금 언 바다얼음은 오랫동안 얼어 있던 것과는 다르게 여전히 소금을 머금고 있기 때문에 녹여서 식수용으로 쓰기도 어렵거니와 여러 가지 형태를 갖추고 있기 때문에 예측하기도 어렵다. 어떤 부분은 수 미터나 되는 두께로 얼어 있고, 또 어떤 부분은 아무리 조심조심 건넌다고 해도 마치 이불 위를 걷는 듯 출렁거리는 것을 느낄 수 있다.

북극해의 얼음덩어리 아래로는 밀물과 썰물이 계속 반복된다. 그래서 밤이 되면 얼음에 균열이 생기는 소리가 마치 울음소리처럼 들린다. 이 물의 흐름으로 인해 얼음판들은 이 방향 저 방향으로 움직이는데, 내가 아무리 북쪽으로 걸어가고 있어도 얼음판이 남쪽 방향으로 흘러가면 제자리걸음을 하는 꼴이 되기도 한다. 얼음판들은 이 흐름 때문에 갈라지거나 동강이 나기도 하고, 두 판이 맞부딪쳐 산처럼 솟아오르는 등 지형이 계속 바뀐다. 그래서 얼음 위를 걷는다는 것은 계속해서 재배열되는 미로 속을 통과하는 것과 같았다. 하루 종일 걷다가 텐트에서 눈을 좀 붙이곤 했는데, 다음 날 아침에 일어나 보면 밤새 해류에 밀려 수 킬로미터 떨어진 곳에 와 있는 경우가 부지기수였고 경고 한마디 없이 갑자기 나타난 장애물들과 맞닥뜨려야 했다.

'폴투폴(Pole to Pole)'이라고 이름을 붙인, 북극부터 남극까지 무동력으로 종단하는 탐험을 시작하자마자 우리는 딱 이런 상황에 놓이게 되었다. 영하 40도의 기온은 춥다는 것을 느끼기 어려울 만큼 감각을 마비시켰다. 얼음과 얼음 사이가 너무 넓을 땐 아예 물속에 들어가 건너야 했는데, 생각조차 하고 싶지 않은 일이었다. 아래위가 한 벌로 된 형광색 방수복을 입고 짐이 가득 든 썰매를 허리에 연결한 뒤 바다에 빠져야 했다.

얼음과 물의 경계가 뚜렷하지 않기 때문에 대략적인 감으로 제일 말랑말랑하게 느껴지는 부분을 헤치고 나아가야 했다. 방수복 덕분에 온몸이 젖는 것은 막을 수 있었지만 어색한 자세로 허리에 감긴 썰매를 끌면서 슬러시 같은 바닷물을 건너야 했다.

이렇게 물길을 빠져나가는 일은 여러 가지 이유로 순식간에 이루어져야 했는데, 체온이 낮아지는 것이 가장 큰 문제였다. 건너다보면 수프 속에 들어 있는 건더기들처럼 바닷물에 둥둥 떠서 옴짝달싹하지 못하게 되는 경우도 있었다. 그럴 땐 손바닥보다 큰 얼음덩어리를 들고 갈퀴 삼아 길을 내며 나아가야 한다. 또 어떤 경우에는 두 개의 큰 얼음덩어리가 겹쳐진 채 층을 이루고 있어 그 위를 넘어가야 하는 일도 있었는데, 불안정하게 쌓여 있는 얼음덩어리를 기어오르려면 우선 롭과 내가 힘을 합쳐 한 번에 썰매 한 개씩 이동시켜야 했다.

혹여나 들쭉날쭉한 얼음 사이를 지날 때 썰매가 찢어지거나 다른 얼음 더미를 무너뜨리지 않도록 주의를 기울이느라 한 발짝 떼는 것이 더디기만 했다. 우리는 고개를 하나 넘어설 때마다 지평선을 바라보며 어떤 길로 가야 장애물들을 덜 만날지, 상대적으로 좀 더 평평한 지형은 어딘지 살피며 나아갔다.

이런 상황이다보니 예상했던 것보다 북극에서의 이동 속도가 너무 더뎠기 때문에 우리는 다른 방법을 찾아야 했는데, 에스키모인들의 도움을 얻어 개썰매를 타기로 했다. 그러나 개썰매로 옮겨 탔음에도 속도의 차이는 크지 않았다. 오히려 힘든 것은 배가되었다. 야생의 개들을 한 사람이 조종한다는 것은 무리가 있었다. 게다가 12마리쯤 되는 개들의 힘에 전적으로 의존해야 하는데, 그 많은 개들을 한 팀으로 동시에 움직이게 하는 일 또한 여간 어려운 게 아니다. 그리고 더 큰 문제는 이 녀석들이 뒤에 끌려오는 썰매에서 무슨 일이 일어나는지에 대해서는 전혀 관심이 없다는 것이다. 울퉁불퉁한 얼음 들판을 달리는 동안 넘어지지 않으려고 애쓰는 것은 오롯이 내 몫이 되어버렸다.

최대한 주의 깊게 노선을 정하고 조심스러운 손짓으로 출발 신호를 보내고 나면 운전대의 주인 노릇을 하기 위한 힘겨루기가 시작된다. 힘겨루기에서 이기고 난 후에도 균형을 잡으려고 지속적으로 고삐를 조였다 풀었다 하는 일을 반복해야 한다. 0.5톤이나 되는 썰매

가 뒤집히기라도 하면 원래대로 되돌려놓는 일은 상상하기 싫을 정
도로 끔찍했다. 안에 실려 있는 짐을 죄다 내려놓고 무거운 썰매를
뒤집은 다음, 풀어놓은 짐들을 전부 다시 싸야 하기 때문이다. 썰매
에 짐을 싣는 일은 노동이라기보다 과학에 가까웠는데, 무게의 균형
을 맞추기 위해 한 개씩 신중하게 자리를 잡아야 했다. 게다가 얼음
이 녹은 부분은 무조건 피해야만 한다. 썰매가 가라앉기라도 하면 개
들은 줄줄이 물에 빠질 것이고, 사람도 간신히 빠져나와 얼음 조각
위에 걸터앉는다고 해도 푹 젖은 몸으로는 얼어붙는 것 외에 달리
방법이 없었다.

그러던 어느 날 오전, 해가 나기 시작하더니 바람도 잦아들어 추
위가 많이 가신 상태였다. 기온은 영하 15도쯤 되는 것 같았다. 롭은
썰매를 잠시 멈추고 둔하고 부피가 큰 외피 장갑을 한쪽 구석에 벗
어두었다. 이런 날씨에는 괜찮을 것 같다고 판단한 모양이다.

아침 일찍 길을 나섰을 때부터 얼음 표면 위로 해빙이 시작된 것
이 보여 불안했다. 바다얼음은 평소보다 더 얇았고 그 위를 걸으면
출렁이는 느낌이 발밑으로 느껴졌다. 마치 진흙 위를 달리는 것처럼
썰매의 속도도 느려졌다. 두 개의 얼음판이 만나 생긴 턱을 지나다가
썰매가 약간 덜컹거렸을 때, 롭의 장갑 한 짝이 밖으로 떨어졌다. 롭
은 잠시 썰매를 멈추고 장갑을 찾으러 되돌아갔다. 장갑을 주우려 몸
을 굽히는 그 순간, 발밑의 얼음이 가라앉으며 롭과 함께 물속으로

빨려 들어갔다. 게다가 롭이 쓰러지면서 얼음에 머리를 세게 부딪쳐 의식까지 잃어버린 상태였다. 롭이 왜 썰매를 멈췄는지 보기 위해 뒤를 돌아봤던 나는 불과 몇백 미터 거리에서 이 모든 것을 지켜봤다. 살을 에는 듯한 차가운 물은 롭의 옷 속으로 그대로 스며들고 있었다. 나는 가능한 한 빨리 롭에게로 가야 했다. 차가운 얼음물이 나까지 집어삼키지 못하도록 최대한 가벼운 걸음으로 그를 향해 달렸다.

무겁고 둔한 옷 때문에 롭에게 닿기까지 적어도 3, 4분 정도는 걸린 것 같았다.

"롭! 롭!"

목청껏 외쳤지만 롭은 대답이 없었다. 얇은 얼음 위에 있었기 때문에 되도록 몸을 낮추고 넓게 엎드려 무게를 분산시켰다. 그리고 롭의 외투에 달린 모자에 손을 뻗어 있는 힘껏 잡아당겼고, 좀 더 가까워진 뒤에는 겨드랑이에 양팔을 끼워 넣고 조심스럽게 물 밖으로 끌어올렸다. 완전히 젖어버린 롭의 옷은 내가 당길 때마다 마치 최선을 다해 저항하는 듯 무거웠다.

마침내 롭의 몸을 온전히 물 밖으로 빼냈을 때 나도 기진맥진해 얼음 위에 엎어져 있었다. 그렇게 정신이 없는 내 눈에 점점 파랗게 굳어가는 롭의 모습이 보였다. 나는 시간이 얼마 없다는 것을 깨달았다. 우선 몸의 체온을 빼앗고 있는 젖은 옷부터 벗겨내야 했다. 나는 재빨리 그의 썰매에서 침낭을 꺼내다가 바닥에 펼치고, 완전히 발가벗겨진 롭을 침낭 위까지 굴렸다. 그러고는 나도 재킷을 벗고 침낭 안으로 들어갔다. 사냥을 하기 위해 우리와 함께 길을 나섰던 에스키모인 두 명이 재빨리 롭의 썰매 안에 있던 임시 텐트를 치고 그 안에 캠핑용 스토브를 피웠다. 텐트와 스토브가 준비되자마자 우리는 침낭과 함께 롭을 안으로 옮겨 그의 몸을 감싸 안고 피가 통하도록 손과 발, 다리 등을 쉴 새 없이 주물렀다.

"롭?"

내가 불렀지만 롭은 여전히 대답이 없었다.

우리는 이런 상황에 대비해 훈련을 받은 적이 있었다. 둘 중 하나가 저체온 상태가 되었을 경우 실행해야 하는 올바른 조치에 대한 것이었는데, 우리가 실제로 이런 상황에 놓이게 되리라고는 생각지 못했다.

차갑게 얼어붙은 채 아무런 반응이 없는 롭을 마주하고 있으니 내가 하는 모든 일이 쓸데없는 짓 같았다. 섬뜩한 기분마저 들어 그 상황이 현실처럼 느껴지지 않았다. 우리는 롭의 침낭 안으로 최대한 온기를 불어넣기 위해 애썼다. 스토브 위에 물을 끓여 물통에 담은 뒤 침낭 안에 넣기도 했다. 여전히 롭은 반응이 없었기 때문에 이 모든 짓들이 효과가 있는지 알 수 없었다. 텐트 밖에서는 마치 상황의 심각성을 알기라도 하는 듯 개들이 정신없이 짖어대고 있었다. 에스키모 사냥꾼들은 롭이 조금이라도 움직일까 하여 주시하고 있었다.

그때였다. 처음에는 들릴 듯 말 듯 작은 기침소리가 나는가 싶더니, 롭의 입술 사이로 웅얼거리는 듯한 말소리가 새어나왔다. 얼굴에는 희미하게나마 혈색이 돌아오기 시작했다. 우리는 미지근한 설탕물을 만들어 조금씩 롭의 입안으로 흘려 넣었다. 시간이 좀 더 흐르자 롭은 가늘게 눈을 떴고, 우리가 묻는 질문을 알아듣고 대답할 수 있게 됐다. 롭은 살아난 것이다.

길고 야심만만한 모험을 하는 가운데 사고가 일어나는 것은 당연한 일이었지만, 이렇게나 빨리 죽을 고비를 넘기게 될 줄은 몰랐다.

우리는 이제 겨우 몇백 킬로미터를 지나왔을 뿐이었고 앞으로 가야 할 길이 4만 킬로미터 넘게 남아 있었다.

우여곡절 끝에 북극에서의 여정을 마치고 바닷길에 올랐지만 쉬운 일은 없었다. 겨우 15미터쯤 되는 요트를 타고 캐나다와 그린란드 사이에 있는 데이비스 해협을 건너야 했는데, 얼음의 세계라고 불리는 만큼 여기저기 빙산이 많았다. 그 사이를 재주 좋게 빠져나가는 동시에 끊임없이 몰아치는 바람과 파도를 이겨내야 했다. 뉴펀들랜드를 지나고 자욱한 안개로 악명이 높은 바닷길을 통과할 때는 고래들이 길동무가 되어주었다. 요트 주변에서 은빛으로 반짝이는 몸을 드러내며 수면 위를 가르는가 싶더니, 금세 깊이를 알 수 없는 바닷

속으로 그림자처럼 사라졌다.

우리가 뉴욕 시에 거의 닿았을 때 기온은 갑작스레 한여름 수준으로 치솟았다. 잔잔한 파도 위로 부드러운 햇살이 부서지는 걸 보며 북반구의 여름 속에 들어왔다는 것을 깨달았다. 막 미국 독립기념일의 축제 분위기가 사그라들었을 때, 우리는 이번 탐험 중 첫 번째 자전거 구간에 접어들었다. 북남아메리카 대륙을 따라 1만 8천 킬로미터를 가는 구간이었다.

미국 남부의 지글지글 익는 듯한 열기와 숨이 턱턱 막히는 습기 속에 더디게 나아갔지만, 아이러니하게도 오감을 자극하는 새로운 경험들 속에 시간은 너무 빠르게 흘러갔다. 우리는 날마다 변하는 풍경과 냄새, 소리와 새로운 음식을 경험했고 끊임없이 이어지는 낯선 이들의 환영과 도움을 받았다. 그들의 친절로 인해 우리는 누군가의 집 뒷마당에서 캠핑을 했고, 그들이 베푸는 푸짐한 저녁과 흥미로운 대화들로 며칠 밤을 즐길 수 있었다. 사람들은 길을 지나는 우리를 멈춰 세우고 조금이라도 도움을 주기 위해 애썼다.

멕시코의 산과 화산지대가 모습을 드러냈을 때, 우리는 남쪽 구간의 여행 일정을 맞추기 위해 조금 더 서둘러야 했다. 그 와중에 기막히게 아름다운 풍경과 중앙아메리카의 독특한 문화는 우리를 취하게 만들었다. 기운을 북돋기도 하고 지치게도 하는 음악과 소음들이 끊이지 않고 매순간을 채웠다.

과테말라를 지날 때부터 시작된 열대성 강우로 도로란 도로는 전부 진흙탕으로 변해버렸고, 이어지는 엘살바도르, 온두라스, 니카라과를 지나는 내내 흠뻑 젖은 상태로 달려야 했다. 게다가 지켜져야 할 역사와 환경은 철저히 착취당하고 붕괴된 채 극심한 빈곤에 시달리고 있는 중앙아메리카의 모습은 보는 이를 안타깝게 만들었다. 다만 자연 그대로인 코스타리카의 열대우림을 지날 때는 중앙아메리카의 미래와 희망을 볼 수 있었다. 지역 경찰들은 지속 가능한 발전을 모토로 도시의 자연을 보호했고, 그 결과는 다시 눈에 띄게 높아진 삶의 질로 지역사회에 이바지했다.

파나마에서 우리의 첫 번째 자전거 구간은 무사히 막을 내렸다.

하지만 이어지는 구간에서 문제가 생겼다. 남북 아메리카 대륙을 잇는 파나마 지협이 울창한 정글과 가파른 협곡으로 가로막힌 것이다. 육로로 통행이 불가능해진 다리엔 만을 지나기 위해 우리는 다시 작은 요트 위에 올랐다.

9일간의 항해 끝에 콜롬비아 근처 잔잔한 물가에 다다르자, 이번에는 해적, 그리고 마약 밀매자들과 맞닥뜨릴 위험에 놓였다. 겨우 에콰도르의 덥고 더러운 산업도시 과야낄의 작은 마을에 도착했을 때, 그들과 마주치지 않고 무사히 지나왔다는 사실에 안도의 숨을 내쉬었다.

다시 자전거에 올라 에콰도르와 페루의 서쪽 해안가를 따라 남쪽으로 더 내려가야 했다. 이 탐험을 시작한 이래 감격적일 정도로 장관이 펼쳐진 구간이었는데, 페루 북쪽의 세추라 사막을 시작으로 수천 킬로미터에 달하는 척박한 사막을 달려야 했다. 오른편으로는 지중해의 청명하도록 푸른 바닷물이 모습을 드러내기도 했지만, 적도와 남위 30도 사이에 위치한 남아메리카의 서쪽 지형은 지구상에서 가장 건조한 사막으로 이루어져 있다. 칠레 북쪽에 위치한 아타카마 사막의 경우 (기록된 것만 해도) 400년간 단 한 방울의 비도 내리지 않았을 정도이다. 생명력이 없는 모래와 바위로만 이루어진 광활한 땅과 막대한 생명력을 가진 태양이 공존하는 이곳의 매력으로 우리는 완전히 넋을 놓을 지경이었다.

밤이 되어 캠핑을 하려고 텐트를 치노라면 머리 위로 구름은커녕 말 그대로 티끌 하나 없는 하늘이 펼쳐졌고, 세상에 있는 별은 다 보이는 것 같았다. 이 풍경은 삶을 바라보는 내 시선을 바꿔버렸다. 서쪽 지평선으로 해가 넘어가는 순간, 활활 타는 붉은빛이 대지를 달구었다가 점점 연한 보랏빛으로 물든다. 서서히 찾아오는 칠흑 같은 어둠은 수백만 개의 총총히 박힌 별빛으로 채워지고, 곧 온 사막 위를 덮은 우주는 깨어지지 않는 하얀 원반이 되어 우리를 감싸 안았다. 그 순간, 우리가 사는 세계는 참으로 아름답고 거대한 우주 속 조그마한 행성일 뿐이라는 사실을 새삼스레 깨닫게 된다.

낮 동안에는 이 지역에서 흔히 발생하는 지진으로 인해 터널과 도로, 심지어는 마을 전체가 아예 돌무더기로 변해 있어 가야 할 길이 끊어지기도 했다. 더 멀리 남쪽으로 내려와 마침내 사막을 벗어났고, 안데스의 남쪽 지대를 건너 아르헨티나령 파타고니아의 건조하고 긴 풀이 자라는 팜파스지대에 들어섰다. 끝없이 펼쳐진 초원과 드넓은 하늘이 맞닿아 있는 이곳에서는 양 떼들만이 아무런 제약도 없이 노닐고 있었다. 이 평화로운 풍경과 반대로 우리는 쉴 새 없이 불어오는 모래바람 때문에 페달 하나 밟는 것이 무척 힘겨웠다.

마침내 온갖 색깔들로 활기차게 치장된 도시인 푼타아레나스의 마젤란 해협에 도착했을 때는 이미 2008년 1월이 끝나가고 있었다. 악명 높은 남극해를 항해하는 데 조금이라도 만만한 날씨를 만나기

딱 한 번뿐인 삶

위해 계획했던 날짜는 이미 지나 있었다.

지구를 한 바퀴 돌아도 육지를 만날 수 없을 정도로 남극대륙을 철저히 고립시켜 놓은 남극해에는 우리가 전에 만난 적 없는 어려움들이 산재했다. 그 깊이와 넓이는 그린란드를 지나며 건넜던 바다와는 비교도 되지 않았고, 극지 바다의 얼음장같이 차가운 온도와 무시무시하도록 위협적인 빙하들은 엇비슷했다.

그 무엇보다 남극해는 강풍과 산채만 한 파도로 악명이 높다. 바람이 시속 50킬로미터 이하로 부는 날이 드물고 파도는 웬만한 고층 건물을 훌쩍 넘는 높이였다. 이렇게 살인적인 환경 속에서는 작은 실수도 돌이킬 수 없는 결과를 불러일으킬 수 있었다. 게다가 인간 비슷한 그 무언가라도 찾으려면 수천 킬로미터는 가야 했기에, 구조를 받을 수 있는 확률은 제로에 가까웠다.

교대로 항해하며 틈틈이 수면을 취하는 무한 반복의 항해 일정에 시간은 마치 정지된 것처럼 느껴졌고, 다들 지쳐가고 있었다. 며칠째 아무것도 나타나지 않아 해도는 빈 종이와 다름없었고 차가운 회색빛 바닷물만 계속되어 마치 이곳이 지옥이라도 된 것 같은 망상이 들곤 했다.

휘몰아치는 바람과 파도가 이는 바다 위에서 한밤중에 돛을 내리거나 올리려면 쇳덩이로 만들어진 차디찬 돛대를 붙들고 한참을 매

달려야 했다. 눈보라가 갑판 위를 후려치고 갈 때면 축축이 젖은 장
갑 속 꽁꽁 언 손은 아무 감각도 없었다. 그 손으로 키를 움켜쥐고 항
로를 벗어나지 않기 위해 안간힘을 다해야만 했다.

그렇게 남극해 위에서의 삶은 가장 기본적인 두 가지만으로 이루
어졌다. 그것은 수면과 생존본능이었다.

남극해에서 45일 정도 지난 어느 날 아침 동이 트기 직전, 나는 떨
어지지 않는 눈꺼풀을 이기고 교대를 하기 위해 선실 밖으로 나올
준비를 했다. 울렁거리는 선실 안에서 이리저리 내던져지지 않기 위
해 침대 기둥을 꼭 붙잡고 두꺼운 방수복과 부츠를 챙겨 신었다. 바
람은 여전히 매섭게 몰아치고 있었고 파도는 알루미늄으로 된 선체
를 세차게 때렸다.

나는 평소처럼 두려움이 고스란히 드러난 얼굴을 하고, 찬 공기에
오들오들 몸을 떨며 갑판으로 연결된 사다리를 천천히 올랐다. 갑판
의 바닥을 따라 길게 이어져 있는 안전용 로프와 내가 입고 있는 안

전 조끼를 연결하고는 새벽빛에 윤곽만 어스름히 보이는 배의 뒤편으로 비틀비틀 걸어갔다.

"방향 110도!"

전 교대조의 친구가 고함을 치며 동남동쪽을 뜻하는 나침반 숫자를 알렸지만 바람 소리 때문에 거의 들리지 않았다.

"두 시간 전에 돛을 완전히 내려놨어."

그는 비어 있는 돛대를 가리키며 계속해서 소리쳤다.

"바람이 점점 더 강해지고 있어!"

그는 한마디를 더 덧붙이고 벌겋게 충혈된 눈을 비비며 갑판으로 올라오고 있는 내 파트너를 지나쳐 선실로 내려갔다. 요트의 양쪽 옆으로 불어치는 강한 풍력과 우리가 가야 하는 방향으로 흐르는 성난 물살 덕분에 20톤이 넘는 요트는 돛을 완전히 다 사용하지 않고도 시속 19킬로미터를 유지하며 앞으로 나아갔다.

돛대를 훌쩍 넘어 20미터는 족히 되어 보이는 파도 사이에 놓일 때면 배의 양쪽으로 생긴 차가운 물의 장벽이 우리를 집어삼킬 듯이 노려보았다. 파저에서 다시 다음 파도를 맞이할 때마다 배는 위태롭게 파도의 물마루를 타고 올라갔고, 저 멀리 수평선이 시야에 잠깐 들어왔다. 마치 산의 정상에서 아래를 내려다보듯, 곤두박질쳐질까 봐 긴장을 놓을 수 없었다. 가끔 파도 중 몇 개는 정말 거대하고 가팔라서 덩치가 꽤 큰 우리의 요트를 서핑보드를 다루듯 밀어내었는데,

시속 37킬로미터까지 속력이 붙기도 했다. 그럴 때면 나는 항로에서 벗어나지 않기 위해 키를 잡고 안간힘을 썼지만 소용없는 일이었다.

내가 파트너와 교대하기 위해 키를 잡으려는 찰나였다. 이번에는 경고도 없이 위험이 들이닥쳤다. 돌풍으로 바람은 더 강해졌고, 사방에서 들이치는 물보라 때문에 한치 앞도 볼 수 없었다.

"이건 말도 안 돼!"

파트너는 배의 움직임으로 파도의 방향을 가늠하며 키를 바로잡으려 애썼다. 나는 그를 향해 다 쓸데없는 짓일 뿐이라는 황망한 미소를 지을 수밖에 없었다. 우리가 날씨를 바꿀 수 있는 것도 아니고, 그저 상황이 어찌 돌아가는지 지켜보는 수밖에 없었다. 너무도 무력한 나머지 그도 나를 향해 씁쓸한 미소를 지어 보였다. 우리 둘 다 지금 처해 있는 위험한 상황을 인정하고 싶지 않았지만 별 도리가 없었다.

끝없이 밀려오는 파도는 우리의 배를 뒤흔들며 항로 밖으로 이탈시켰다. 어떻게 해서든 다시 제자리로 돌아오려고 하는 우리와 계속 밀어붙이고 있는 파도가 힘겨루기를 하고 있었다. 우리는 계속 키를 잡아당겼고 파도는 방향타를 당겨댔다. 결국 '핑' 소리와 함께 둘을 잇고 있던 조타줄이 끊어졌다. 우리는 더 이상 아무것도 할 수 없었다. 파도의 폭격에 굴복한 요트는 속수무책으로 방향을 잃고 흘러가고 있었다. 우리는 이 넓고 거친 바다 한가운데에 무력하게 놓이는 처지가 되었다. 나는 공황 상태에 빠질 것 같았지만, 정신을 놓는 순

간 모든 게 끝이었다.

재빨리 파트너에게 조타 장치를 지키라고 손짓한 뒤, 다음 파도가 밀려오기 직전의 틈을 타 안전 연결고리를 풀어내고 선실에서 쉬고 있는 롭과 또 다른 친구 한 명을 깨우러 달려갔다. 선실로 내려가기 전 마지막으로 위를 올려다본 순간 심장이 멎는 듯했다. 상황을 완전히 잘못 판단했던 것이다. 마치 산사태가 몰려오듯 높이 솟구치며 하얀 거품을 뿜어내는 파도가 배의 측면을 때리기 일보 직전이었다. 나는 앞으로 무슨 일이 일어날지 본능적으로 알아차렸다. 그러고는 충격에 버텨주길 바라며 선실 입구에 있는 기둥을 있는 힘껏 끌어안았다.

온몸이 쭈뼛해지는 충돌이 이어지고, 파도가 갑판 위로 내리꽂히더니 선체 안으로 바닷물이 쏟아져 들어왔다. 그 충격으로 요트 전체가 한쪽으로 쏠리며 쓰러지고 있었다. 손에 잡히는 기둥에 필사적으로 매달렸지만 내 다리는 이미 허공을 휘젓고 있었고, 배는 완전히 뒤집히는 중이었다. 배로 인해 하늘이 점점 가려졌고, 내 몸은 어둠 속으로 빠져들었다. 바다에 빠지는 순간 완전한 어둠이 나를 둘러쌌고, 그 시간은 영원처럼 길게 느껴졌다. 그리고 수많은 생각들이 머릿속을 스쳐 지나갔다.

'이렇게 모든 것이 끝나는 건가?'

그때였다. 순식간에 배가 뒤집힐 때와 마찬가지로 또다시 눈 깜짝

할 사이에 배가 똑바로 섰다. 배 아랫부분에서 선체의 척추 역할을 하는 용골 덕분에 자연스럽게 중심을 잡으며 다시 뒤집어질 수 있었던 것이다. 배와 함께 나도 다시 빛의 세계로 돌아왔다. 정신이 들자마자 내 교대 파트너가 있던 쪽을 바라봤다. 그는 돛대의 받침 줄에 매달려 있었는데, 구명조끼와 방수복 안에서는 물이 줄줄 흘러나오고 있었다. 눈이 마주친 순간 우리는 그 상황이 너무나 황당해 주체할 수 없을 정도로 웃어젖혔다.

우리는 파도 앞에 너무나 무력했지만 파도의 자비에 기댈 수밖에 없었다. 이후 몇 시간 동안은 배에 어떤 피해가 있었는지 확인해야 했다. 태풍이 지나가고 잠잠해진 뒤에는 조타 장치를 고치기 위해 움직였다. 빙하 탐지기로 쓰던 레이더는 완전히 망가져 있었고, 갑판 위에 비치해두었던 도구상자도 없어졌으며, 선실에 있던 롭과 다른 친구 한 명은 몸이 여기저기 패대기쳐지는 불상사를 피할 수 없었지만, 우리는 여전히 가야 할 길 위에 무사히 놓여 있었다.

그날 저녁, 자연이 우리에게 사과라도 하려는 듯 이쪽 수평선부터 저쪽 수평선까지 에메랄드빛 커튼을 드리웠다. 수많은 별들을 지붕 삼아 그 아래로 반짝이며 펄럭이는 극지의 빛. 그것은 여정의 최종 목적지인 '자남극점'으로 우리를 부르는 호주 오로라의 부드러운 손짓이었다.

★

우리의 탐험은 이렇게 위험한 순간들로 중단되기도 했고 이루 말할 수 없는 기쁨의 순간들로 빛나기도 했다. 여정의 마지막 구간이었던 남극해에서 끝나지 않을 것만 같았던 격렬한 72일간의 항해를 마치고 오페라 하우스와 하버 브리지가 수놓인 시드니 항을 향해 들어가던 날. 바스락 소리가 날 것 같은 초가을의 햇살이 공기를 가득 채우던 그날의 아침. 순수한 기쁨의 감정을 느낄 수 있는 환희로 가득 찬 몇 안 되는 순간 중 하나였다.

입이 귀에 걸리도록 활짝 웃는 것을 멈출 수 없던 그날, 우리는 여정이 끝났다는 아쉬움으로 가슴이 먹먹해지는 것을 느꼈다. 그와 동시에 다시는 경험할 수 없을 정도로 벅찬 행복도 만끽했다. 1년이 넘는 시간 동안 힘들고 고된 순간들을 견뎌내야만 했던 모험을 성공적으로 마쳤다는 사실에 감격하지 않을 수 없었다. 하지만 그 도전이 가져다준 흥분과 설렘을 이제 무엇으로 대체해야 할지 알 수 없어 공허함이 밀려왔다.

그렇다고 해도 그 순간만큼은 축제처럼 즐기고 싶었다. 실제로 그 순간은 비현실적일 정도로 아름다웠다. 우리 뒤로 오렌지 빛깔로 하늘을 물들이는 일출이 있었고, 오페라 하우스의 하얗고 부드러운 곡선 지붕이 보였다. 드디어 우리는 대단원의 막을 눈앞에 두고 있었다.

요트 옆으로 작은 나룻배가 우리의 마지막 항해를 함께했는데, 호주 원주민들이 유칼립투스 나뭇가지를 태우며 축하 의식을 거행하는 배였다. 오롯이 기쁨으로 가득 찬 그 순간, 내 가장 소중한 친구와 함께 따뜻한 성공을 맞이하고 있었다. 그와 함께했던 지난 13개월간의 시련들이 머릿속을 가득 채웠고, 비로소 저 깊숙한 곳에서부터 안도감이 느껴졌다. 평생 잊지 못할 내 인생의 정점에 이른 순간이었다.

너무 빨리 찾아온 이별

2009년 새해가 밝은 지 얼마 안 된 1월이었다. 시드니에서 돌아온 지 반년 정도 지났을 때였다. 롭과 나는 친한 친구 두 명을 더 데리고 알프스 등반에 나섰다. 리처드와 제임스 앳킨슨은 어렸을 적부터 우리와 함께 잊지 못할 많은 추억을 남긴 친구들이다. 넷이서 자전거 여행도 많이 다녔고 에베레스트와 '폴투폴' 탐험을 준비하는 데도 이 두 사람의 도움이 절대적이었다. 하지만 같이 등반을 해본 경험은 별로 없었다.

앳킨슨은 우리가 자전거를 타고 북미 대륙을 달리는 동안 히말라야로 등반 여행을 다녀왔고, 리처드는 빙벽 등반 실력을 기르는 데 늘 목말라 있었다. 그래서 우리는 휴가차 프랑스 알프스 지역에 있는 샤모니로 떠날 계획을 세웠다. 당시 롭과 나는 전국 각지에 있는 학교를 방문하며 우리 탐험에 대한 발표를 하러 다니느라 바빴고, 한편으로는 탐험을 하는 동안 찍은 영상을 다큐멘터리로 만들어줄 기획자를 찾고 있었는데, 세계적인 경제 침체로 여의치 않았다.

이런 때에 모든 것을 잊고 친한 친구들과 함께 시간을 보낼 수 있는 기회가 생긴 것이다. 크리스마스와 연초의 축제 같은 시간은 가족들과 보내기 위해 뿔뿔이 흩어졌다가 각자 등반 장비들을 꾸려서 롭의 집에 모였다. 롭의 차에 우리 모두의 짐을 꾸역꾸역 욱여넣자 뒷좌석에 앉은 앳킨슨과 리처드는 서로의 얼굴조차 볼 수 없었다. 두 사람의 사이에 커다란 등산용 부츠들과 두툼한 외투, 텐트, 침낭, 얼음용 도끼와 아이젠 등이 잔뜩 쌓여 있었기 때문이다. 하지만 함께 떠나게 된 장거리 자동차 여행이라 어떤 상황이든 즐겁기만 했다.

롭의 부모님으로부터 활기찬 배웅을 받으며 드디어 우리는 차에 몸을 실었다. 프랑스로 건너가는 배를 잡아타기도 전, 앳킨슨은 벌써부터 유명한 리처드 엄마표 플랩잭(귀리, 버터, 설탕, 시럽으로 만든 두툼한 비스킷)통의 뚜껑을 열었다. 막 유럽 대륙에 닿았지만 우리가 걸신이라도 들린 듯 먹어대는 통에 플랩잭은 이미 바닥을 드러냈다. 우리는 따분할 정도로 평평한 북프랑스의 겨울 풍경을 지나는 내내 쉴 새 없이 농담을 던지고 서로를 놀리며 웃느라 시간 가는 줄 몰랐다.

첫 번째 종착지는 주라 산맥이었다. 주라 산맥은 제네바에서 북쪽으로 얼마 떨어지지 않은 곳에 있다. 롭의 이모와 이모부가 그곳에서 작은 낙농장을 운영하고 계셨다. 두 분께서는 우리가 머물 수 있도록 아늑한 오두막을 내주셨다. 산자락의 너른 초원은 이미 한 차례 내린 눈으로 하얗게 변해 있었다. 이모부는 우리에게 크로스컨트리 스키를 타볼 것을 권하셨다. 우리는 스키를 배우는 이틀 내내 몸의 중심을 앞으로 쭉 빼는 스케이트 동작을 만드는데 너무 서툴렀기 때문에 넘어지느라 정신이 없었다. 제일 처음 내려가는 사람이 넘어지면 그 위로 도미노처럼 줄줄이 넘어지는 바람에 마치 샌드위치와 같은 꼴이 되기 일쑤였다.

며칠을 눈밭에서 신나게 보낸 우리는 다시 등반할 채비를 했다. 롭의 차로 몇 시간을 더 달려 몇 년 전 롭과 내가 샤모니에 처음 왔을 때 묵었던 작은 호스텔에 도착했다. 철제로 된 작은 이층 침대가 두 개 놓인 우리 방은 튀어나온 못과 문고리, 침대 난간 등에 널어놓은 옷들로 금세 빨래방처럼 변했다.

다음 날 우리는 해가 뜨자마자 초급자 수준의 빙벽 등반을 할 수 있는 아르장티에르라고 불리는 지역을 찾았다. 한동안 쓰지 않았던 기법들을 다시 되새기고 빙벽에 익숙해지는 데는 그만한 장소가 없었다. 롭과 내가 처음 빙벽 등반을 배웠던 곳도 바로 거기였다. 아르장티에르 계곡 한쪽은 눈이 녹으면서 만들어진 경사면으로, 마치 힘차게 흘러내리는 폭포를 갑자기 얼려버리기라도 한 것 같은 모양이었다. 눈이 시릴 정도로 푸른색이 도는 얼음 폭포였다.

초급자들에게 적당한 코스부터 조금씩 난이도를 높일 수 있었고, 깎아지른 듯한 절벽들도 있기 때문에 단계별 코스를 밟기에 아주 좋은 지역이었다. 이곳에서 연습하는 또 다른 이점은 그다지 어렵지 않은 등반 노선의 출발 지점들에 쉽게 닿을 수 있다는 것이다. 절벽 맨 위에는 나무들이 자라고 있어 다시 하강할 때 안전하게 고정할 수 있는 곳도 많았다. 새파란 하늘과 녹아내린 눈이 하나가 되는 이곳은 초보 수련자의 낙원이었다.

평소와 다르게 롭과 나는 다른 팀이 되었고, 우리 넷 모두 각자 실력에 맞는 등반을 할 수 있도록 계획을 짰다. 나보다 등반을 더 잘하는 롭은 꽤 숙달된 등반 실력의 앳킨슨과 팀이 되어 함께하기로 했

고, 나는 이제 막 빙벽 등반의 세계에 입문한 리처드를 도와주기로 했다. 나에게는 알고 있는 것을 친구에게 나눠줄 수 있는 좋은 기회였고, 리처드는 좀 더 쉬운 코스에서 기본적인 기법들과 로프 이용 방법에 대해 충분히 익힐 수 있는 시간이 될 터였다.

모두를 만족스럽게 하는 이 방식이 진행된 지 얼마 지나지 않아 롭과 앳킨슨은 좀 더 까다로운 노선들이 있는 지역으로 옮겨 가고 싶어 했다. 우리는 가지고 온 가이드북을 펼쳐놓고 몇 개의 후보지를 물색했다. 가장 강력한 후보로 떠오른 곳은 아귀 뒤 미디와 몽블랑 사이의 고개였다. 아귀 뒤 미디는 첨탑처럼 뾰족하고 붉은 바위로 뒤덮인 봉우리였고, 몽블랑은 눈이 마치 돔처럼 쌓인 봉우리였다.

롭과 앳킨슨은 긴 협곡과 가파른 경사면들로 둘러싸인 그곳의 사진들을 보고 들뜬 모습이었다. 리처드와 나는 비교적 쉽고 짧은 코스에 계속 전념하기로 했다. 우리는 다음 날 해뜰 무렵 바로 떠나기 위해 준비를 해두었다. 산 위에서 지내며 며칠간 먹을 식량과 텐트, 캠핑용 도구, 등반 장비들을 챙기자 배낭은 곧 터질 것같이 빵빵해졌다. 그러고도 배낭의 위, 아래, 옆 등 가능한 모든 곳에 끈을 걸어 뾰족하게 날이 선 아이젠과 얼음도끼 등을 주렁주렁 매달았다.

웬일인지 하늘은 성난 회색빛으로 잔뜩 물들어 있었고, 방향 없이 불어대는 눈보라와 몰아치는 바람으로 세상이 뒤흔들리는 것만 같았다. 길을 나서기에 좋은 날씨는 아니었지만 일단은 협곡까지 이어진 케이블카를 타기 위해 매표소로 향했다. 프랑스와 이탈리아를 가르는 높은 산맥의 협곡을 지날 때 유일한 수단이 케이블카였다. 매표소에는 하늘이 갤 때까지 잠시 운영을 중단한다는 안내문이 붙어 있었다. 마침 길가에 있는 빵집에서 풍기는 갓 구운 빵 냄새는 우리에게 아침식사를 하라고 명령하는 듯했다. 창문 안으로 설탕으로 코팅된 번과 부드러운 패스트리, 알록달록한 케이크들이 보였다. 거부할 수 없는 유혹이었다. 어차피 기다리게 된 것, 날씨를 핑계 삼아 맛있는 빵을 잔뜩 먹기로 했다. 앞으로 산 위에서 며칠 내내 먹게 될 퉁퉁 분 파스타를 떠올리면 이 기회를 놓칠 수 없었다.

두어 시간이 지나도 아침과 별다를 것 없는 날씨였지만, 케이블카 매표소 앞에 붙은 작은 간판에 빨간색 불이 들어왔다. 먹구름이 한 차례 지나가고 잠시 하늘이 갠 틈을 타 케이블카를 운영하려는 것 같았다. 우리는 형형색색의 스키복을 입은 무리들보다 먼저 케이블카에 오르기 위해 종종걸음으로 매표소에 가서 승차권 4장을 구매했다.

케이블카는 해발 1천 미터쯤 위치한 샤모니 계곡의 제일 낮은 부분에서 시작해 2.7킬로미터를 운행하여 뾰족하게 솟은 아귀 뒤 미디 봉우리 꼭대기까지 우리를 데려다줄 것이다. 군데군데 끼어 있는 구름 사이로 날이 선 절벽들이 그 위용을 드러내는가 싶더니 이내 거센 바람에 곤돌라가 휘청댔다. 순간 그 절경들은 우리 시야에서 사라졌고 신비로운 모양새의 구름들로 뒤덮였다. 도착 지점인 아귀 뒤 미디의 정상에는 건물이 하나 서 있는데, 2004년 첫 알프스 여행에서 이 건물을 처음 봤을 때 내 눈을 믿을 수 없었다. 이렇게 험한 산꼭대기 한가운데에도 건물을 세울 수 있다니, 기술과 집념의 승리라고밖에는 할 수 없었다. 하지만 이번에는 우리보다 조금 먼저 도착한 먹구름 탓에 모든 것이 가려져 곤돌라 안에서는 건물을 볼 수 없었다.

곤돌라 밖으로 발도 내밀기 전, 뼛속까지 파고드는 날카로운 바람이 우리를 반겼다. 온갖 방향에서 날아드는 바람이 우리 몸을 에워쌌다. 케이블카에서 내리자마자 산꼭대기 한가운데를 거칠게 뚫어놓은 터널을 통과하게 되는데, 터널은 이 뾰족한 산을 가로질러 정확히 반대편에서 끝나기 때문에 빠져나오자마자 눈 쌓인 가파른 경사면을 발아래 두게 된다. 아래로 수천 미터는 족히 이어지는 경사면 한쪽과, 다른 한쪽 면은 조금 더 짧은 길이의 빙하 경사면으로 되어 있다. 저 멀리 앞을 바라보아도 반대편 산봉우리의 끝도 없는 경사면과 마주할 수 있다. 가파른 경사면들의 집합소였다.

터널을 빠져나오자마자 마주하게 된 이 경이로운 광경은 내 시선을 순식간에 사로잡았다. 오늘은 구름에 군데군데 가려져 있어 산맥들이 그렇게 가파르게 보이지는 않았지만 점점 더 심해지는 바람 때문에 조금은 걱정이 되었다.

시계는 어느새 정오를 가리키고 있었다. 어둠이 깔리기 전 등반을 하기에는 시간이 충분하지 않았다. 그래서 우리는 적당한 장소를 찾아 바로 텐트를 치기로 했다. 오늘 비축한 체력으로 다음 날 더 일찍 길을 나서기로 한 것이다. 롭과 앳킨슨과 좀 더 긴 등반 노선을 택했기 때문에 완주하려면 해가 뜨기 전 시작해서 밝은 시간을 최대한 활용해야 했다. 나와 리처드는 동이 튼 후에 길을 나서도 충분한 일정이었다.

바람에 불이 꺼지는 것을 막기 위해 텐트 안에서 물을 조금 끓였다. 그리고 흔한 캠핑 메뉴인 파스타로 저녁을 해결하고 아침 일찍 길을 떠날 롭과 앳킨슨에게 "굿럭(Good luck)"이라고 격려 인사를 해주었다. 잠자리에 들었지만 세찬 바람이 텐트를 휘갈겨대는 소리와 추운 날씨 때문에 쉽게 잠들 수 없었다. 우리는 서로의 텐트에 대고 학창 시절에 배웠던 노래들을 목청 높여 불렀다. 아무도 없는 산꼭대기 한가운데서 고장 난 스피커처럼 불러대는 서로의 노랫소리에 킥킥대는 동안 밤이 깊어가고 있었다.

리처드와 내가 떠날 채비를 마치고 텐트 밖으로 고개를 내밀었을 때 롭과 앳킨슨은 이미 길을 나선 뒤였다. 긴 새벽에서 깨어나고 있는 하늘을 올려다보았을 때, 어제보다는 확실히 날씨가 좋아졌지만 이탈리아 쪽 하늘에 낀 우중충한 구름들은 여전히 위협적이었다. 리처드가 아직 빙벽 등반에 익숙해지지 않았기 때문에 나는 100퍼센트 확신이 서기 전까지는 등반에 나서고 싶지 않았다. 괜히 위험한 상황을 만들 필요는 없었으므로 조금 더 기다리며 상황을 지켜보는 편이 좋을 것 같았다. 날씨가 나아지기를 기다리는 동안 우리는 롭과 앳킨슨의 발자국을 몇 분 정도 따라 걸었다. 서유럽에서 제일 높은 산봉우리를 등반하는 우리의 위대한 두 친구들께서는 어디쯤에 계실까? 리처드와 그런 농담을 주고받으며 걸었다.

높이로 치자면 에베레스트의 반 정도밖에 안 됐지만 몽블랑 정상에 서서 아래를 바라보는 느낌은 세계 최고봉과 다를 바가 없었다. 마치 모든 것이 멈춘 것 같은 경치. 그 앞에 서 있는 나라는 존재를 한없이 작아지게 만드는 그런 경치. 얼마를 걸었을까. 몽블랑 뒤 타퀼의 정상이 흐릿하게 시야에 들어오기 시작하던 그 순간, 거대한 빙하의 바다에서 난쟁이처럼 자그마하게 보이는 롭과 앳킨슨을 발견했다. 수평선처럼 길게 이어진 가파른 산의 경사면과 빙하의 바닥이 만들어낸 베르크슈룬트(빙하가 산과 만나는 부분에 생긴 깊은 크레바스)를 위풍당당하게 오르고 있는 두 사람의 모습이었다.

그것은 우리가 본 그들의 마지막 모습이었다.

아래의 추모사는 2009년 3월 21일 우리 모두가 함께 다녔던 학교의 예배당에서 진행된 롭과 앳킨슨의 장례식에서 그들을 보내며 내가 건넨 마지막 편지의 일부분이다.

2009년 1월 9일 오후였습니다. 롭과 앳킨슨은 몽블랑 뒤 타퀼 동편 제르바스투티 협곡 꼭대기 근처에 두 발을 딛고 있었습니다. 그 둘은 사람의 눈이 닿는 곳까지 아름다운 얼음산들로 가득한 경치 속에 들어가 있었습니다. 파노라마처럼 연결되어 있는 이 산봉우리들 위로 겨울해가 떠 있었지요. 새하얀 산들을 온통 황금빛으로 물들이는 빛이었습니다. 눈부시게 찬란했던 그 광경은 이 세상에 끝이 없는 듯 느껴지게 만들었습니다. 그들은 그 풍경 속에서 우리는 평생 알아내지 못할 이유로 죽음을 맞았습니다.

남겨진 우리 모두 너무 큰 슬픔에 빠져 있지만, 이 두 친구가 지내고 간 반짝이는 삶에 대해 이야기해야겠습니다. 두 사람이 보여준 용기와 도전정신에 감화된 저로서는 슬퍼할 시간이 너무 적군요. 그들이 성취한 수많은 일들을 나열하려는 것이 아닙니다. 우리 모두가 알고 있듯이 그 둘은 넓은 세상이 던져준 많은 것들을 멋지게 해냈어요. 전혀 두려워하지 않았죠. 저는 이 두 사람을 친구로 가졌던 우리에 대해서 기억하려고 합니다.

우리는 아직 여기에 있고, 우리만이 그들의 이야기를 전할 수 있습니다. 롭과 앳킨슨은 주변 사람들의 친절함과 격려를 통해 감사를 배웠고, 지혜를 얻고, 기회를 만났고, 많은 것들을 해낼 수 있었습니다. 그들이 남들보다 더 뛰어나서가 아니라, 그저 당신과 나처럼 평범한 이들로부터 용기를 얻고 자신감을 얻었을 뿐입니다. 그리고 스스로를 믿을 줄 알았고, 거침없이 도전했습니다.

결국 가장 평범한 두 친구는 우리 모두에게 영웅이 되었습니다.

우리는 아직 끝나지 않은 여정 중에 있습니다. 멋진 두 친구를 잃은 슬픔도 언젠가는 이겨내야만 하죠. 하지만 그들을 통해 우리가 가진 약점들에도 불구하고 무엇이든 이루어낼 수 있다는 사실을 배웠습니다.

우리에게는 자신의 삶뿐만 아니라 주변 사람의 삶까지도 풍요롭게 만들 기회가 있습니다. 롭과 앳킨슨처럼요. 남은 우리는 여전히 그들의 꿈을 실현해나갈 수 있다는 것을 명심해야 합니다.

누구에게나 딱 한 번

롭이 너무나 일찍 내 곁을 떠났다는 사실을 떠올리면 슬픔이 차오른다. 그는 이 세상을 더 많이 누리고 나눠야 했다.

삶은 자신이 선택한 모습 그대로 나타날 뿐이다. 내가 느끼는 비극적인 순간과 성공의 환희, 슬픔의 눈물, 기쁨 등으로 가득 찬다. 회색빛의 어스름한 새벽녘만 있는 것이 아니라, 한낮의 강렬한 태양과 한밤중의 짙은 어둠이 반복되는 것이다. 롭은 그런 삶을 살았다.

나는 롭의 죽음을 받아들이는 동안 사랑하는 사람들에 대한 감사

딱 한 번뿐인 삶

와 그들이 행복을 찾으려는 시도가 얼마나 소중한 것인가를 깨닫게 되었다. 우리는 부모, 자식, 친구를 평가하고 판단하며 자신이 원하는 모습으로 살길 바라는 데 너무 많은 시간을 허비하고 있다. 그들이 곁에서 사라진다면 그런 것 따위는 아무런 소용이 없는데도 말이다.

지금 당신 곁의 사람들을 있는 그대로 받아들이고, 응원하고, 아낌없이 사랑하길 바란다.

'롭'이란 사람의 삶은, 내게 찾아오는 기회들을 잡을 책임은 나에게 있다는 사실을 그 누구보다 신랄하게 알려주었다. 언제가 될지 모르지만 우리는 누구나 죽는다. 이것이 피할 수 없는 현실이라는 것을 형제와 같은 친구를 잃고 나서 깨달았다. 이 사실과 함께 언젠가 만나게 될 이 순간을 두려워하기보다, 삶이 유한하다는 자연의 이치에 감사해야 한다는 것도 깨달았다. 그래서 나는 살아 있는 동안은 최선을 다하고 싶다.

'제임스, 네가 살아 있다는 것. 그건 선물 같은 거야. 다시는 얻을 수 없는 단 한 번뿐인 기회지. 그렇기 때문에 진정으로 원하는 것을 해야만 해.'

나는 갈림길의 연속인 삶 속에서 적극적인 결정을 내리며 살기를 원한다. 주변의 기대치에 맞추려고 시간을 낭비하지도, 물질적인 것을 좇다가 인생을 낭비하지도 않을 것이다. 사랑하는 사람들과 더 많은 시간을 보내고, 새로운 경험을 두려워하지 않을 것이다. 내가 가고 싶은 길과 가야만 하는 길 사이에 타협점은 얼마든지 존재한다. 다만 스스로에게 질문을 던져볼 필요가 있다. 생의 마지막에 남는 것은 무엇일까.

자신의 꿈을 향해 달려가는 것은 두려운 일이다. 하지만 죽는 순간 '정말 하고 싶었던 것을 시도조차 안 했다'는 생각이 드는 일은 더욱 끔찍하지 않을까. 결국 이 삶을 다 살고 난 뒤 남는 것은 당신이 사랑하는 사람들, 당신이 살면서 해온 일들 말고 무엇이 더 있을까.

누구에게나 딱 한 번뿐인 삶이다.

HAN CHALLENGE

FINISH

SEOUL
MT. NAMSAN

DAEJEON

DAEGU

ULSAN

BUSAN

GWANGJU

START

MT. HALLA

JEJU

| chapter 6 |

새로운 도전

TRY SOMETHING NEW

CHALLENGE

올해는 꼭 새로운 곳에 가보거나
새로운 일에 도전해보세요.
우리의 앞날은 새로운 것들과
새로운 장소들로 가득 차 있습니다.
이러한 시도를 하면 할수록
분명 더 많은 기회와 행운이 다가올 것입니다.

Chapter
6

새 로 운 도 전

롭과 앳킨슨의 죽음은 내게 너무나 큰 충격이었다. 이 비극은 부서
진 유리 파편처럼 내 현실 속에 흩어졌다. 현재와 미래는 돌이킬 수
없을 정도로 조각난 느낌이었고, 내가 할 수 있는 일이라곤 이 부서진
조각들을 붙잡고 다시 이어붙이려 발버둥치는 것밖에는 없었다.

사고가 난 후 한 달 정도는 생각이라는 것을 제대로 할 수조차 없
었다. 잠을 잔다는 것도 희망사항에 불과했다. 나는 롭의 집에서 긴
낮과 더디게 가는 저녁의 매일매일을 보냈다. 롭의 부모님과 형제들
은 나를 가족과 마찬가지로 여겼다. 사고 후 롭의 가족과 친구들의
정은 더욱 깊어졌다. 우리는 함께 옛 추억을 나누고 서로를 더 소중
히 여기며, 안정감을 찾기 위해 노력했다.

롭과 앳킨슨의 장례식이 연달아 진행되었다. 나의 미래는 이제 끝나지 않는 어두운 터널 속에 있는 것 같았다. 어떤 희망도, 어떤 생각도 없는 기분이었다. 세계 각지에서 위로의 편지와 카드가 전해졌다. 나는 롭이 어떻게 그들의 삶에 영향을 끼쳤는지 적어내려간 많은 사람들의 편지에 감동하며 대신 감사 인사를 했다. 이 일은 잠시나마 슬픔을 잊는 데 도움이 되었다.

가끔씩 친구들이 재미있는 농담을 할 때면 '아, 롭한테 얘기해줘야지. 분명 엄청 웃긴다고 할 거야'라는 생각이 들었다. 하지만 문득

이 시시한 농담뿐만 아니라 그와는 그 어떤 얘기도 다시는 할 수 없게 되었다는 사실이 떠오르며 가슴 한쪽이 뻥 뚫리는 것만 같았다. 어두운 터널의 끝에 작은 빛이라도 보이기를 간절히 바랐지만, 나는 과거에 묶여 한 발자국도 움직일 수 없었다.

시간이 흐르고, 여전히 살아가고 있는 우리에게는 느리게나마 피할 수 없는 현실이 눈에 들어왔다. 그리고 모두들 원래 있던 자리로 찾아가야 할 시간이 되었다. 리처드는 일터로 돌아갔고, 롭의 여자친구와 동생 팀은 학교로 돌아가야 했다. 그리고 남겨진 롭의 부모님과 나는 그의 장비들을 하나둘 정리하기 시작했다. 지난 몇 년간 탐험 중에 쌓여온 각종 장비들은 주위 친구들에게 나누어주거나 팔기로 했다. 그의 자전거, 텐트, 태양열판, 전신 수영복, 로프, 아이젠, 얼음 조끼까지 산더미같이 쌓인 물건들이 창고 안을 가득 채우고도 남았다. 장비 중 버릴 것은 버리고 사이클링 장비, 세일링 장비, 중고품 가게에 보낼 물품 등 종류별로 각각 상자에 넣어 정리했다. 간직할 유품 상자도 만들었다.

물건들을 하나씩 집어들 때마다 그것은 정리하기 벅찬 잡동사니에서 우리의 추억을 되살리는 매개체가 되기 시작했다. 구멍난 사이클 티셔츠는 사막길 한가운데에서 갑자기 나타난 장애물에 걸리는 바람에 생긴 것이었다. 롭은 자전거에서 튕겨나가 180도 공중제비를 돌며 바닥에 처박혔었다. 앞서 가던 내가 미리 경고를 주지 않았다며 우리는 그날 오후 내내 말다툼을 벌이기도 했다. 반쯤 남은 성냥은 내 스무 번째 생일을 떠올리게 했다. 그린란드의 빙원 위에서 롭이 자신의 휴대용 식량에 촛불 대신 성냥을 꽂아 작은 케이크를 만들어 축하를 해줬었다.

롭의 물건들을 정리하는 것은 마치 마음의 상처를 천천히 치유하는 치료 과정 같았다. 덕분에 롭과 내가 함께했던 과거를 회상하며 추억에 잠길 수 있었다. 이렇게 추억을 곱씹는 일은 내가 롭의 죽음에 대해서만 지나치게 생각하는 것에서 벗어날 수 있도록 해주었다.

나는 친구였지만 존경해왔던 그의 모습을 다시 떠올리고 있었다. 그는 항상 새로운 도전을 받아들이고, 한계를 넘어섰고, 꺾이지 않는 강인한 정신력으로 추진해나가던 사람이었다.

이때 나는 처음으로 죽음에 대해서 이해하기 시작했다. 그것은 사랑하는 친구를 다시는 만날 수 없을 거란 사실을 떠나 그의 삶과 그가 중요하게 여기던 가치를 이 세상에서 계속 이어간다면 그는 여전히 우리와 살아갈 것이었다. 롭의 이야기가 사람들의 삶을 변화시키고, 변화된 사람들이 또 다른 사람들의 삶에 영향을 주고……. 그렇게 되면 롭은 우리 곁에 영원히 머무는 것이라는 믿음이 생겼다.

얼마 지나지 않아, 내 삶의 새로운 방향성이 필요했다. 그래서 롭과 앳킨슨의 사고 후 많은 도움을 주었던 이들을 만나기 위해 런던으로 떠났다. 당시 내게는 집중할 수 있는 무언가가 필요했을 뿐만 아니라, 폴투폴 모험 이후로 돈을 벌지 못했기 때문에 당장 먹고 살 걱정이 앞섰다. 다행히도 런던에 위치한 한 소셜 미디어 마케팅(SNS) 회사에서 직업을 구할 수 있었다.

태어나서 처음 런던에서 살게 되어 약간 겁이 나기도 했지만, 도시의 문화를 접할 수 있다는 생각에 흥분되기도 했다. 게다가 당시 SNS를 마케팅으로 활용하는 것은 새로운 일이었고, 성장 속도도 매우 빨랐다. 그런 새로운 분야에 발을 담근다는 생각을 하니 흥미가 일었다.

나는 출퇴근하는 오피스 라이프에 점점 익숙해지며 나의 능력을 최대한 발휘하기 위해 노력했다. 내 새로운 상사도 나에게 동기부여와 함께 격려를 아끼지 않았다. 런던의 사무실에도 시간은 흘렀고, 가을이 가고 겨울이 왔다. 해가 짧아지고 강수량이 많아지는 겨울이 오자, 나는 캄캄한 꼭두새벽부터 출근해서 하루 종일 사무실의 컴퓨터 앞에 앉아 있다가 다시 어두워지고 나서야 집에 돌아오는 일상을 반복했다. 주중에는 다람쥐 쳇바퀴 돌듯 갇혀 있는 기분이 들었기 때문에 교외에 있는 친구들 집에서 야외활동을 하며 지낼 수 있는 주말을 항상 기다렸다.

내 상사는 내가 잘 적응할 수 있도록 많은 도움과 자유를 주기 위해 노력했고, 학교에서 내 모험에 대해 강의할 수 있는 기회가 생기면 항상 시간을 빼주었다. 또한 그와 함께 취리히에서 열린 철인 3종 경기에 나갈 수 있도록 후원해주기도 했다. 이런 호의와 격려에도 불구하고, '여기는 내가 계속 있을 곳이 아니다'라는 생각을 떨쳐버릴 수 없었다.

나는 지금까지 모험을 하며 만난 다양한 환경에 대해 공부하고 싶다는 생각이 들었고, 그러려면 대학에 가야 했다. 그런 환경이 생기게 된 과정을 이해하고 싶었고, 가능하다면 다시 그곳에 돌아갈 기회들을 만들고 싶었다. 전에는 한 번도 없었던 배움에 대한 열정과 욕구가 계속 자라는 것을 느꼈다. 더 이상 그 열정을 억누르지 못할 때 상사에게 내 미래에 대한 고민을 털어놓았다. 본론을 꺼내기도 전에 상사는 "제임스, 네가 무슨 말 하려는지 안다"라며 먼저 입을 열었다.

"같이 일하는 동안 정말 기뻤어. 사실 방법이 있다면 계속 같이 일하고 싶어. 하지만 인생의 새로운 장을 쓰기 위해 뭔가 다른 일을 하고 싶다면……. 우리는 당연히 네가 하고 싶은 일을 할 수 있도록 도와주고 싶어."

그의 호의와 이해에 감사를 전하며, 아쉽지만 지금은 공부를 해야할 시기인 것 같다고 설명했다. 내 말에 그도 납득한 듯 고개를 끄덕였다. 내가 만약 회사를 운영하게 된다면 이 상사를 롤모델로 삼겠노라고 다짐했다. 최종 목적지가 정해지기 전까지 계속 일을 하면서 대학을 알아보기로 했다.

같은 시기, 배움에 대한 열정과 함께 새로운 언어에 대한 관심도 커져갔다. 학교 다닐 때 배웠던 불어와 독일어에는 완전 젬병이었다. 동사 변화와 시제가 너무너무 헷갈렸고, 이해하기 어려우니 집중도 잘 안 되었다. 그리고 영어를 잘하는 외국 사람이 많으니 내가 군이 외국어를 마스터할 필요는 없을 것 같아 그만두었다. 하지만 어느 시점에 외국어 실력을 기르는 것이 도전과제와 같아졌다. '할 수 있어. 나도 다른 언어를 배울 수 있다는 사실을 스스로에게 증명해 보일

거야!'라고 다짐했다.

　지난 가을, 한 친구가 한국에서 영어 교사로 일을 하다가 한국인 아내를 만나서 함께 영국으로 돌아왔다. 런던 근교 목가적인 분위기의 켄트 주에 사는 그 친구네 집은 내게 오아시스 같은 곳이었다. 주말이면 친구 집 근처의 숲 속에서 함께 자전거를 타거나 달리기를 했는데, 그것은 일종의 해방감을 느끼게 했다. 풍차와 옥수수밭이 그림처럼 어우러진 멋진 곳에서 우리는 주말마다 자유를 만끽했다. 자전거를 한바탕 탄 뒤 우리는 많은 얘기들을 나눴는데, 그때부터 한국의 독특하고 매력적인 문화에 대해 알아가기 시작했다. 매우 행복한 시간이었지만, 그 친구들이 한국말로 대화를 할 때면 언제나 왕따를 당하는 느낌이었다. 대화에 참여하지 못한 소외감을 느낀 이후, 주중에 한국어 과외를 받을 수 있는지 알아보기 시작했다.

　우연히 런던의 한 대학에서 경영학 석사 과정을 하고 있는 한국 학생을 알게 되었고, 그 친구에게 한국어 과외를 받을 수 있었다. 퇴근하면 곧바로 회사 근처에 있는 카페에서 만나 한국어를 공부했다. 간단한 문장들을 따라 읽으면서 단어도 외우고 발음 연습도 했다. 억지로 교실에서 배워야 했던 지루한 외국어 공부가 이렇게 재미있다는 사실이 놀랍기도 했다. 학교에서 강제로 해야 했던 독어와 불어 배우기 이후로는 외국어에 완전히 관심을 끄고 지냈던 것이 문제였다. 이제 나는 한국어 공부하는 날을 손꼽아 기다리게 되었다.

새 로 운　도 전

상사의 동의가 있은 직후에 나는 곧바로 영국의 여러 대학교에 지원서를 제출했다. 보통 영국나이 열여덟 살이면 대학에 입학을 하는데, 나는 5년이나 늦은 스물세 살이었기 때문에 걱정이 많았다. 하지만 정규 교육 과정이라는 테두리 밖에서 얻은 나의 경험과 지식을 인정해줄 대학교가 분명 한 군데는 있을 거라는 희망을 가지고 지원을 했다.

2010년 4월 즈음부터 내 지원서에 대한 답변이 하나씩 날아오기 시작했다. 놀랍게도 지원한 모든 대학교로부터 합격 통지서를 받았다. 나를 받아주는 곳이 있다는 사실에 안도하며 입학 허가를 한 대학교들을 찬찬히 비교하기 시작했다.

"이곳은 학문적으로 제일 발달한 곳이지. 저긴 산 옆에 있어서 아웃도어 활동을 자주 할 수 있겠고……. 그리고 또 여긴 친구들과 가까운 곳이니까 자주 볼 수 있겠네."

이상하게도 어느 대학교에 갈지 결정하는 과정에서 합격의 기쁨은 점점 줄어들고 있었다. 대학마다 각각의 장점이 있었지만, 줄곧 지금 가는 길이 정말 맞는 길인가 하는 생각이 들었다. 막상 대학교를 정하고 나니 그곳에서 공부하는 내 모습을 상상할 수 없었다. 대신 우울한 하늘, 어두운 교실, 공부에 지친 불쌍한 학생들의 모습만 자꾸 떠올랐다. 갑자기 학구열이 사라진 건 아니었다. 그때 내가 완전히 새로운 시작을 원하고 있다는 생각이 들었다. 배움에 대한 열망은 여전했지만, 교실에서 배우는 것만이 전부는 아닐 터였다. 나는 삶 자체가 완전히 교육이 될 수 있는 환경을 바랐다. 마침내 이런 고민들이 하나의 선으로 연결되었다. 나는 한국으로 가고 싶었다. 배우는 즐거움을 깨닫게 해준 한국어, 그 언어를 쓸 수 있는 나라 한국. 너무나 익숙한 영국과 물리적 거리도 문화적 거리도 많이 먼 곳. 그곳에 가기로 결정을 한 것이다.

*

공항을 빠져나오자 습하고 따뜻한 공기가 나를 에워쌌다. 빵빵거리는 차들과 버스 엔진 소리 그리고 처음 듣는 여러 소음들이 낯선 공기와 합쳐져 이제 완전히 다른 곳에 있다는 사실을 실감하게 해주었다.

큰 광고판에는 정체를 알 수 없는 글씨들이 쓰여 있었고, 알아듣지 못할 말들이 내 귓가에 울려 퍼졌다. 마중 나온 학생이 내 어깨를 가볍게 치며 반겼다. 그는 어리둥절해 있는 내게 몇 미터 더 아래에 서 있는 버스를 가리켰다. 깔끔하게 포장되어 있는 넓은 고속도로를 지나 시내 한가운데에 다다를 무렵, 똑같은 모양의 회색 고층 건물들이 눈에 들어왔다. 다닥다닥 붙은 특색 없는 빌딩들은 하늘을 받치고 있는 듯 높게 뻗어 있었다. 마치 전부 레고로 만들어진 도시에 들어와 있는 것 같았다.

쭉 뻗은 고속도로를 벗어나니 번쩍이는 차들로 가득 찬 복잡한 교차로들의 미로가 시작되었다. 바쁘게 걷는 사람들, 쉴 새 없이 반짝거리는 대형 표지판, 네온사인 등 도시 전체가 활기로 넘치고 있었다. 공기 중에는 다양한 맛의 향기가 섞여 있기도 했다. 코끝을 쏘는 매운 향기가 고소한 기름 냄새로 덮였다가 갑자기 매캐한 배기가스가 목구멍에 걸리기도 했다. 무엇보다 손에 잡힐 듯 요동치는 에너지가 매우 인상적이었다. 수백만 명의 사람들이 분주히 하루를 보내는 모습이 서울의 첫인상이었다.

나는 이제 서울에서 살게 될 것이었다.

서울 북동쪽 낮은 산에 위치한 경희대학교에서의 첫날을 한 마디로 표현하자면 '어리버리'였다. 아름다운 캠퍼스에는 다양한 양식의 건물들이 들어서 있었다. 각 건물들은 나무로 둘러싸여 산의 비탈길과 계곡을 따라 지어져 있었는데, 로마시대 신전과 같은 건물, 유럽풍 성당, 이집트풍 오벨리스크 등 다양한 분위기를 갖고 있었다. 수백 명의 학생들이 이 건물들 사이를 분주히 지나다니며 강의실을 찾았다. 테마파크에 온 것 같은 건물들의 모양이나 분위기에 크게 신경 쓰지 않는 듯했다. 수많은 학생들 사이에 섞여 나도 어학당으로 향하는 짧은 언덕길을 올랐다. 내년부터 지리학 전공 수업을 들으려면 한국어가 필수였기 때문에 첫 학기에는 매일 오전 4시간씩 한국어 수업이 있었다.

나는 새로운 사람들을 만날 때 부끄러워하는 성격이다. 그래서 학기가 시작되고 처음 몇 주 동안 나를 소개하는 시간과 친구를 만들려고 시도하는 일은 정말 곤혹스러웠다. 오후에는 기초 전공과목으로 지리학과 수업을 들어야 했는데, 아직 어린아이 수준밖에 안 되는 한국어로 친구를 만드는 게 쉽지만은 않았다. 어학당에서 만난 학생들은 모두 외국인이었고 다들 한국어가 낯설었기 때문에 쉽게 친구가 될 수 있었다. 하지만 한국 학생들로만 이루어져 있는 지리학 강

새 로 운 도 전

의실에서는, 모두들 이미 서로 잘 알고 있는 데다가 나만 갓 전학 온 학생처럼 되어 있으니 적응하기가 훨씬 더 어려웠다.

반 친구들은 친절하고 상냥했지만 대화가 잘 안 될까봐 쉽게 다가오지 못하는 것처럼 보였다. 그런 생각이 들자 나 역시 그들에게 부담을 주기 싫어서 먼저 말을 걸지 못했다. 이런 시간이 계속되면서 홀로 외로운 첫 주를 보내고 나니, 이러다가 친구를 한 명도 사귀지 못하면 어떻게 하나 걱정이 되기도 했다. 하지만 이런 어린애 같은 걱정은 '정은'이라는 친구가 먼저 다가와 반갑게 인사를 건넨 순간 사라졌다. 그녀와 친구들은 당시 등산동아리를 만들어 활동 중이었는데, 내게도 같이 등산을 하자며 초대해주었다. 등산이라면 나도

좋아했고, 그 모임에 가면 친구를 사귈 수 있겠구나 하는 기대감으로 흔쾌히 동참했다. 이제 친구를 못 사귀면 어쩌나 하는 걱정은 하지 않게 되었다!

한국에서 처음 몇 달은 혼란과 놀라움 그리고 배움의 연속이었다. 모든 것이 새로

웠다. 어른께 반말을 하는 실수를 저지르고도 내가 무슨 잘못을 했는지 몰랐다. 한국어로 어떤 문장을 열심히 말했지만 아무도 못 알아들어 난처한 경우도 많았고, 장소를 잘못 알아듣고 다른 곳에서 친구들을 기다린 적도 있었다. 여전히 시청과 신천은 비슷하게 들려 나를 힘들게 한다. 한번은 너무 배가 고파서 음식을 잔뜩 주문했는데, 내가 잘 먹지 않는 해산물로만 식탁이 차려진 경우도 있었다. 아직도 나는 내가 그 음식들을 어떻게 주문했는지 궁금하다.

주말이면 항상 친구들과 등산을 했는데, 서울처럼 큰 도시가 화강암으로 이루어진 꽤 험하고 아름다운 산들로 잔뜩 둘러싸여 있다는 사실이 놀라웠다. 평평하기만 한 런던에서 살 때는 꿈만 꾸었던 나의 놀이터들이 서울에는 지천으로 있었다. 이른 새벽부터 해가 질 때까지 거의 모든 봉우리마다 형형색색의 옷을 잘 차려 입은 수많은 등산객들이 가파른 산길에 줄지어 올라가는 모습은 그 어디에서도 본 적이 없었다. 정상에 오르면 더 신기한 광경이 펼쳐졌다. 라면과 막걸리를 마시면서 신나게 이야기하는 중년 아주머니 아저씨들의 모습은 정말 특이했다.

하루가 채 지나지도 않아 내 앞에는 새로운 문제가 나타났다. 아예 갈피를 못 잡기도 하고, 실수하기도 하며, 완전히 새로운 방식으로 문제를 해결해야 할 때도 있었다. 매일 밤 베개 위에 머리를 놓자마자 그날 하루 새로 겪은 경험들을 소화하느라 완전히 지친 나는 바로 곯아떨어졌다. 가끔은 이러다가 머리가 어떻게 되는 것은 아닐까 싶을 정도였다. 하지만 얼른 배우고 적응하는 길 외에는 다른 방법이 없었다. 익숙하던 생활양식을 바꾸고 내 삶에 들어온 새로운 규칙을 따라야 했다. 롭이 떠난 후 나는 처음으로 살아 있음을 느꼈다. 나는 다시 삶을 살아가고 있었다.

두 번째 나의 나라가 된 한국에서 다시 스스로를 찾고 새로운 자신감을 갖게 되면서 첫 번째 모험을 하기로 결정했다. 이것은 나의 모험 파트너 롭 없이 해야 하는 첫 번째 도전이기도 했다. 전부터 지도를 유심히 살펴보면서, 한국의 산과 해안가 지형을 손가락으로 훑으며 흥미롭게 보이는 섬이나 한반도 지형의 특성에 걸맞은 모험이 없을까 궁리했다. 지도를 살펴보면 볼수록 남쪽 끝에 외떨어진 화산섬이 계속 눈에 들어왔다. 한국에 온 이후로 제주도에 대해, 즉 섬 한가운데에 선 한라산은 한국에서 가장 높은 산이라는 것과, 섬 전체가 지금은 활동을 중지한 한라산에 의한 화산섬이라는 것 등 들을 기회가 정말 많았다. 친구들은 바위투성이인 이 산에 오르기 위해 몇 시간이나 고생을 했다는 얘기를 하며 정상의 분화구에서 보는 제주섬 전체의 풍경이 얼마나 아름다운지 모른다고 입을 모아 칭찬했다.

그런 말을 들으니, 무엇을 하든 한국인들이 모두 사랑하는 이 신비한 장소는 꼭 포함시켜야겠다는 생각이 들었다. 며칠 동안 심사숙고를 한 끝에 폴투폴에서의 추억을 담아 나는 다시 한 번 무동력으로 이동하는 한국에서의 모험을 계획했다. 출발지는 해발 1,950미터의 한라산, 도착지점은 남산으로 정했다. 남산은 서울의 심장부에 위치해 사방에서 다 보이는 상징적인 원형의 남산 타워가 있는 곳이다. 한국에서 가장 높은 산부터 문화와 정치의 중심이 되는 산까지, 정확히 100시간 내에 무동력으로 완주하려는 목표를 세웠다.

모험 날짜가 가까워지면서 나는 친구들을 모아 서포트 팀을 꾸렸다. 더불어 제주에서 육지까지의 90킬로미터를 이동할 때 사용할 조정 보트를 구하기 위해 스폰서를 찾아야 했다. 이를 위해 대한조정협회에 연락, 조언을 구하기 위한 미팅을 요청하자 흔쾌히 수락했다. 조정 훈련 센터는 서울의 한가운데를 흐르는 한강의 끝자락에 위치해 있었다. 그곳에서 조정 코치들을 만나 인사를 나누었다.

"안녕하세요, 제임스라고 합니다."

내 소개를 먼저 하고 새로운 모험에 대한 설명을 했다.

"제가 제주도에서 해남까지 바다를 건널 수 있게 도와주실 수 있나요?"

코치 중 한 명이 흠칫 놀라 물었다.

"조정을 얼마나 오래 해봤죠?"

나는 솔직히 한 번도 해본 적이 없다고 대답했다. 하지만 두 달 정도 시간이 있으니 연습하면 충분히 잘할 자신이 있었다. 코치의 대답은 매우 단호했다.

"모험 시작 날짜를 늦춰야 할 것 같네요."

나는 어떤 운동이든 빠르게 배우는 편이어서 조정도 열심히 노력하면 금방 잘할 수 있을 거라고 생각했다. 하지만 나는 조정이 요하는 테크닉을 간과하고 있었다. 보통 전신에 근육이 많고 힘이 좋으면 조정을 잘할 거라고 생각하지만, 그보다 중요한 것은 배 안에서 노를 저을 때의 역동적인 움직임과 무게중심, 몸의 균형 등이 완벽하게 조화를 이루어야 했다. 그래야만 에너지 소모를 최소화하면서도 한번에 먼 거리를 나갈 수 있거니와, 일차적으로는 쉽사리 뒤집히는 이 좁은 배에서 똑바로 앉을 수 있을 것이었다. 그러니 나는 첫 번째 훈련에서 그저 물에 빠지지 않기 위해 노력하는 것에 그쳐야 했다. 작은 물결에라도 맞으면 배는 양 옆으로 심하게 출렁였다. 이 상태로 바다에 나가면 노를 몇 번 젓지도 못하고 물에 빠졌다가 다시 배에 기어오르는 일을 반복할 것이 뻔했다.

하지만 희한하게도 노를 젓지 않고 가만히 멈춰 있을 때 균형을 잡는 것은 훨씬 더 어려웠다. 즉, 안정적으로 배 위에 있으려면 노를 계속 젓는 편이 나았다. 그러고 나면 또 다른 문제가 발생하는데, 바로 추진력을 위해 노를 저으면서 엉덩이를 앞뒤로 미는 박자를 맞추는 것이었다. 타이밍을 제대로 맞추지 못하면 뭐가 잘못되었는지 깨닫기도 전에 물에 빠지게 되었다. 조금 더 빨리 알아챘으면 좋았겠지만, 조정은 힘보다는 섬세한 기술을 요하는 스포츠였다.

한라산 정상까지 이어지는 마지막 나무 계단을 오르자, 긴장감이 몰려와 속이 울렁거렸다. 형형색색의 옷을 입은 등산객들이 저 아래에서부터 기차처럼 줄지어 올라오고 있었다. 이제 발을 떼면 초시계와 함께 내 두 다리만으로 한국을 횡단하는 여정이 시작될 것이었다. 출발 시간인 1시 정각이 되기 전에 백록담을 배경으로 기념 촬영을 하는데 꽤 차가운 바람이 불기 시작했다. 아래로 보이는 작은 조각구름들은 섬의 북쪽 해안가에 몰려 달리기에서 조정으로 갈아타야 하는 지점을 표시하고 있었다. 드디어 출발 시간이 다가오자 내 친구이자 서포트 팀의 리더인 세훈이 형이 숫자를 외쳤다.

"3, 2, 1! 출발!"

팀원들은 파이팅을 외치며 날카로운 현무암이 많으니 조심하라고 경고했다. 나는 힘차게 달리기 시작했다. 북쪽 해안가까지 25킬로미터 정도를 달려서 가야 했다.

"고마워, 세훈이 형!"

멀리 있는 세훈이 형이 들을 수 있을지 몰랐지만, 나는 이렇게 중얼거리면서 달렸다. 만약 그가 끊임없이 스폰서를 찾는 등 여러 도움을 주지 않았더라면 이번 모험은 시작조차 힘들었을 것이다. 첫 번째 관문은 현무암으로 가득 찬 코스를 달려 내려가 항구에 닿는 것이었다. 밤이 늦기 전에 도착해야 했다. 울퉁불퉁한 바위산의 내리막길을 뛰다보면 무릎에 심한 충격이 있다는 걸 잘 알고 있었기 때문에 항구에 도착하면 다음날을 위해 휴식을 취하기로 했다.

산을 내려가는 내내 불룩 튀어나온 바위와 나뭇가지 위를 타 넘으며 마치 산양이 산을 타듯 정확히 발을 디디려고 집중했다. 동시에 무릎의 충격을 최소화하기 위해 가벼운 걸음을 유지하려 노력했다. 울창한 숲 속에 지그재그로 난 산길은 끝이 없어 보였다. 눈썹에 걸려 있던 땀이 흘러들어가 소금기가 시야를 가려 눈이 따끔따끔했다.

거의 2시간 정도 춤을 추듯 비탈길, 바위길, 흙길 등을 내려와서야 도로로 이어지는 산 아래 주차장에 닿을 수 있었다. 드디어 험한 산에서 벗어났다는 기쁨도 그리 오래가진 않았다. 무겁고 투박한 등산화에서 가벼운 러닝화로 갈아 신은 후 U자 모양으로 꼬불꼬불 이어지는 아스팔트길을 계속해서 더 뛰어가야 했기 때문이다. 다시 달리기 시작했을 때 머리 위로는 엄청난 굉음을 내는 비행기가 이륙하고 있었다. 그때는 제주공항 근처를 달리고 있었는데, 발바닥에서는 불이 나는 것 같았고 무릎 통증은 점점 더 심해졌다.

이윽고 바다가 보이기 시작했다. 첫 번째 관문을 통과한 것이다. 내일 일은 아직 떠올리고 싶지 않았다. 오늘만큼은 바다가 더없이 반가웠다.

새벽은 생각보다 훨씬 일찍 찾아왔다. 희미했던 태양빛이 어느샌가 푸른 하늘을 환하게 밝혔다. 바람이 생각보다 강해서 호수처럼 잔잔한 바다를 기대했던 내 희망은 여지없이 무너졌지만 지금이 아니면 기회가 없었다.

안전을 위해 함께 온 해안경비대의 배에서 뱃고동 소리가 울려왔다. 그 옆으로는 서포트 팀이 탄 요트도 출발을 위해 움직이기 시작했다. 세훈이 형이 우렁차게 소리쳤다.

"자, 갑-시-다!"

두 번째 관문을 향한 출발이었다. 앞으로 조정을 이용해 90킬로미터를 가야 했고, 육지에 도착하면 자전거로 갈아탈 계획이었다. 방파제로부터 조금씩 멀어지기 시작했다. 갓 배운 조정이었지만 최대한 노를 리드미컬하게 저었다. 방파제 위 3미터 정도 되는 작은 등대를 돌아 큰 바다 쪽으로 나가려고 할 때였다. 북서쪽에서 다가온 파도가 나를 덮쳤고 그로 인해 보트가 심하게 요동쳤다. 거센 파도 때문에 균형을 잡으려면 고도의 집중력이 필요했다. 온몸에 힘이 잔뜩 들어가 벌써 녹초가 된 것 같았다. 노를 저으면 배는 목표한 방향으로 쭉 밀리듯이 나가게 된다. 그동안 다시 엉덩이를 앞으로 밀고 나가 다음 스트로크(노를 한 번 젓는 것)를 준비하게 된다. 하지만 끊임없이 밀려오는 파도 때문에 배는 앞으로 거의 나아가지 못하고 계속 멈추었

다. 이런 상황에서 내가 할 수 있는 일은 두 배쯤 더 빠르게 노를 젓
는 것이다. 그러다보니 안정적이고 효율적인 자세를 취하거나 체력
을 안배하는 일이 어려워졌다.

뜨거운 태양 아래 4시간 정도 죽을힘을 다해 노를 저었다. 휴식과
에너지 보충 없이는 더 이상 가지 못할 것 같았다. 세훈이 형이 타고
있는 작은 고무 구명정을 향해 손짓을 했다.

세훈이 형이 "제임스, 잘하고 있어!"라며 내 어깨를 두드렸다. "20
킬로미터 정도 왔으니 이제 반은 왔어!"

나는 미소를 지어 보이며 구명정으로 옮겨타 음료와 간식을 조금
먹고 스트레칭으로 딱딱하게 굳은 다리 근육을 풀었다. 구명정을 운
전하던 아저씨가 세훈이 형에게 무언가를 얘기하더니 조정 보트를

구명정에 묶기 시작했다. 아저씨도 식사를 할 시간이 되어, 음식이 있는 본선에 잠시 다녀오자는 것이었다. 나는 알겠다고 대답하고 에너지바를 하나 더 먹으려고 봉지를 까고 있었다. 그 순간 사건이 발생했다. 구명정이 본선에 가까이 다가가면서 연결되어 있던 내 조정 보트의 로프가 본선의 프로펠러에 감긴 것이다.

그 바람에 조정 보트의 왼쪽 부력 장비가 망가져 버렸다. 충격에 빠진 나는 나도 모르게 속으로 욕이 나왔다. 조정 보트를 가까이로 당겨 들여다보니 완전히 망가져 바다 위에서는 도저히 고칠 수 있는 상황이 아니었다. 절망감에 머릿속이 깜깜해졌다. 이렇게 일찍 도전을 끝내야 한다니 정말 상상조차 하기 싫은 일이었다.

무엇보다 실망감이 너무 컸다. 물론 힘든 날씨에 보트를 운전해준 분의 수고는 정말 감사했지만, 이런 일이 벌어진 것에 대한 아쉬움과 실망을 감추기가 쉽지 않았다. 애써 태연한 척하며 파도 너머 꽤 멀어진 남쪽의 화산섬을 바라보고 있었다. 그때 오른쪽에 있던 반짝이는 물체가 갑자기 내 눈에 띄었다. 바로 우리 서포트 팀이 타고 있는 요트였다.

"아, 진짜 다행이다!"

요트로 항해를 한다면 무동력 완주의 원칙을 깨지 않고 도전을 계속할 수 있을 것이다. 더욱이 나는 조정보다 항해에 훨씬 더 능숙했다. 이제는 끝이라고 생각했던 순간은 까맣게 잊고 새로운 해결사로 나타난 요트 위에 올랐다.

하얗고 큰 돛을 활짝 펴고 때마침 불어오는 바람과 함께 북쪽으로 나아가기 시작했다. 넘실대는 파도 너머로 이미 저녁노을이 퍼지기 시작했다. 약 3년 반 전 롭과 함께 시드니 항구에 요트를 정박한 이후 처음으로 그리고 홀로 세일링을 하려니 기분이 오묘하면서도 행복했다.

밤이 되자 순식간에 어둠이 덮쳤고 파도는 여전히 성난 모습이었다. 추자도는 여전히 꽤 먼 곳에 있었다. 저 멀리서 가끔씩 깜박이는 등대의 불빛만이 우리가 아직 바다 위에 있다는 것을 알려주었다. 다행히 바람이 계속 불고 있어서 요트는 앞으로 앞으로 나아갔다. 지그재그 모양이지만 어쨌든 북쪽으로 전진하고 있었다. 그렇게 얼마가 지나자 드디어 추자도의 항구가 보이기 시작했다. 하지만 그곳까지 가는 길도 만만치 않았다. 일단 조그마한 돌섬들이 항구 주변 여기저기에 솟아 있었다. 앞으로 나아가기 위해 태킹(돛의 방향을 바꿔서 배를 돌리는 것)을 계속 시도하면서 우리를 공격하러 다가오는 듯한 작고 날카로운 돌섬들을 바라보았다. 암흑 속에서 보면 마치 돌섬이 생겼다가 사라지기를 반복하는 것 같았다. 그때 요트의 속도가 천천히 느려지기 시작했다. 뭔가에 걸린 듯한 느낌이었다. 바람의 방향에 맞춰 배를 틀어 앞으로 나아가려고 했지만 소용없었다. 배의 밑부분이 뭔가에 걸린 게 확실했고, 고작해야 몇 도 정도 회전할 수 있을 뿐이었다.

짙은 어둠 속이었기에 무엇에 걸렸는지 알 길이 없었다. 하지만 한 가지는 확실했다. 그것 때문에 러더(배의 키. 헴과 연결되어 방향을 바꿔주는 역할을 함)가 전혀 움직이지 않았고, 우리는 바다 한가운데에서 옴짝달싹 못하게 되었다는 사실이었다. 위험한 순간이었고 방

새 로 운   도 전

향을 바꿀 수도 없었다. 배가 조금 앞으로 나아가는가 싶으면 또다시 무언가 잡아당기듯 '탁' 하며 멈추는 상황이 반복되었다. 어떻게 그곳을 빠져나갈까 머리를 굴렸다. 손전등을 켜서 검은 물가를 비춰보았지만 여전히 뭐가 문제인지 알아낼 수가 없었다.

그때 한 가지 생각이 머리에 떠올랐다. 해결할 수 있을지는 미지수였지만 다른 방법도 딱히 없는 상황이었다. 태킹을 시도하며 바람을 이용해 나아가기 위해 다시 한 번 조타 장치를 움켜잡았다. 돛이 한 번 크게 펄럭이며 그 아래 붙어 있는 로프가 사정없이 흔들렸다. 바람이 불기 시작한 것이다. 한번에 원하는 방향으로 움직여야 한다고 생각하며 숨을 꾹 참고 상황을 지켜봤다. 돛이 '픽' 하는 엄청난 소리를 내며 완전히 펼쳐졌다. 그러자 요트가 움직이기 시작했다. 드디어 바람으로 추진력을 얻을 수 있게 돛이 제자리를 잡은 것이다.

움직이기 시작하면서 배 전체가 요동을 쳤다. 그곳에서 빠져나가려면 바람을 뒤에서 맞아야만 했다. 있는 힘을 다해 조타 장치를 꽉 쥐고 기다렸다. 갑자기 족쇄를 걷어낸 것처럼 배가 움직이기 시작했다. 그리고 속도가 붙기 시작했다. 내 예상이 적중했다. 180도 배를 돌리자 러더 부분에 걸려 있던 무언가로부터 벗어나 순식간에 그 위험 지역을 빠져나왔다. 바람으로 힘을 얻을 수 있게 적당한 위치로 배를 움직이면서 돛의 방향을 바꾸었다. 그러자 원하는 방향으로 나아갈 수 있었다. 돛이 힘차게 펄럭이며 드디어 오늘의 목적지인 추자도 방향으로 나아갔다.

추자도에 도착하자마자 곯아떨어질 정도로 고단한 하루였다. 다음 날 아침, 잠수를 해 배 밑으로 들어갔다. 러더에 걸렸던 건 다른 아닌 어업용 그물이었다. 복잡하게 얽히고설켜 있었지만 칼을 이용하니 쉽게 제거할 수 있었다. 그대로 있었으면 훨씬 위험했겠다는 생각을 하니 아찔했다. 도전은 여전히 진행 중이었다. 항해를 계속한 끝에, 그날 저녁 우리는 드디어 해남에 도착했다. 육지에 처음 닿은 것이다.

해남에서 한결 편안한 마음으로 저녁을 보낸 후 이른 새벽 자전거로 옮겨탔다. 대한민국의 수도 서울까지 가는 일정이 계획대로 순탄하게 진행되었다. 자전거를 타고 달리면서 맞은 일출로 주위의 자연이 서서히 태양빛에 밝아지는 걸 보며 경탄했다. 선선한 가을바람과 햇살이 자전거를 타기엔 안성맞춤이었다. 하지만 하루 종일 이어진 자전거 타기에 피로가 몰려왔고 무겁고 쑤시는 다리가 더 이상 움직일 것 같지 않았다. 저녁 9시쯤 대전 근처에 닿아 내일을 준비해야 했다.

드디어 마지막 날이었다. 아스팔트 길 위에서 자전거를 타고 있는 나 자신에게만 온 정신을 집중했다. 100시간 안에 도달하기로 계획한 '한 챌린지'를 완주하기 위해서는 끊임없이 페달을 밟아야 했다. 서울에 들어서고, 남산의 가파른 언덕에 도달했을 때, 나는 거의 기

진맥진한 상태였다. 온몸이 땀으로 범벅이 되었고 복받쳐오르는 감정을 주체할 수가 없어 눈물이 나올 것 같았다.

1년 전 한국에 처음 왔을 때는 모든 것이 낯설었고, 이해할 수 없는 부분도 많았다. 하지만 전혀 새로운 환경이 나로 하여금 다시 한 번 도전하게 만들었다. 낯선 것들이 점점 친숙해지는 걸 느꼈고, 이제는 한국을 내 고향으로 부를 수도 있을 것 같았다. 변화를 받아들인 것이 한껏 움츠러들었던 내 자아를 끄집어내어 한 단계 더 성장할 수 있도록 도왔다.

몇 년 전 폴투폴 여정 중 페루에서 자전거를 타는 길에, 외떨어진 해안가에서 서핑을 하고 있던 존오라는 친구를 만났다. 그는 롭과 나의 서포트 팀이 되기를 자처했고, 우리는 금세 친해졌다. 존오는 살아오면서 몇 번의 큰 시련을 겪었고, 그로 인해 회사를 그만두고 남미로 여행을 떠나왔다고 했다. 그는 그것이 인생의 우선순위와 자신의 삶에 대한 방향성을 찾기 위해서라고 했다. 아직도 존오가 내게 했던 말을 잊을 수가 없다.

"가끔씩 우리는 변화 자체를 위해서 의도적으로 삶에 변화를 줘야 할 때가 있어."

그리고 그는 말을 이었다.

"많은 사람들이 단조로운 삶의 테두리에 갇혀서 하루, 몇 달, 다시 몇 년을 보내. 정체된 채, 자신의 존재가 무의미하다고 생각하며 사는 것 같아. 그런 사람들이 자신의 변화를 포용하고 즐길 수 있는 자세를 가졌으면 좋겠어."

당시엔 그 말의 의미를 정확히 이해할 수 없었다. 하지만 한참 시간이 흘러 가장 친한 친구가 내 곁을 떠난 후, 그리하여 내 인생의 방향을 못 잡고 방황할 때 비로소 그 의미가 마음에 와 닿았다. 우리는 변화를 통해 다시 시작할 기회를 얻게 된다. 그리고 그 기회는 현재 자신이 어떤 능력을 가지고 있는지, 또 자신이 무엇을 배우고 싶어 하는지, 무엇을 이루고 싶어 하는지 다시 한 번 일깨워준다.

사람은 새로운 환경과 사람들을 만났을 때 새로운 생각을 가지게 된다. 또한 진정한 자아를 찾고, 가진 능력을 발전시킬 수 있는 기회를 얻게 된다. 우리는 불확실성 등을 이유로 변화를 피하는 쪽을 선택하고 싶어 한다. 그럼에도 불구하고 우리가 발전하고, 배우고, 잠재력을 꺼내려면 새로운 것에 도전해야 한다. 도전이라는 말이 거창할 수 있지만, 그저 새로운 문화를 접하고 새로운 장소로 떠나는 것만으로도 도움이 된다.

특히 지금 가고 있는 길이 뭔가 옳지 않은 것처럼 느껴지고 자신의 미래가 암흑 속에 갇혀 있다는 생각이 든다면, 더더욱 변화를 시도해야 한다. 새로운 결정이 자신을 어디로 이끌고 갈지는 확신할 수 없다. 하지만 그것은 반드시 우리에게 붙잡을 만한 기회와 고무적인 일들을 가져다줄 것이다.

이것은 누구에게나 마찬가지다. 지금 무슨 일을 하건, 과거에 얼마나 많은 것을 이루었건 간에 새로운 것에 대한 시도는 늘 우리에게 무엇인가를 가르쳐준다. 물론 과거의 경험이 미래를 만들고 변화를 만들어가는 데 길잡이 역할을 하기도 하지만, 절대로 과거의 덫에 갇혀 있으면 안 된다. 과거에만 머문다는 것은 자신이 발휘할 수 있는 모든 잠재능력과 기회를 거부하는 일이 될 테니까.

JAMES' FAMILY

3 years old
James

After 9 years old
James

| chapter 7 |

행복을
찾아서

SEEKING HAPPINESS

가끔은 다른 사람들이 내리는 결정을
이해할 수 없고 받아들이기 어려울 때가 있다.
하지만 기억해야 할 것은 단 하나이다.
진정 그들의 행복을 바라고
옳은 방향으로 나아가도록 돕고자 노력한다면,
우리는 그 안에서 무한한 사랑과 행복을 찾을 수 있다.

LIFE
&
HAPPINESS

Chapter
7

행 복 을 찾 아 서

　나는 고작 아홉 살을 먹었을 뿐이었다. 하지만 그날의 일은 사소한 것조차도 생생하게 기억이 난다. 여느 주말과 다를 바 없는 아침이었다. 엄마는 종종 몇 가지 간식거리를 챙겨서 나와 함께 우리 반 친구의 집에 놀러갔다. 그 집에 도착하자마자 나는 눈부신 여름 햇살이 비치는 뒷마당으로 달려가 친구와 공을 차고 노느라 시간 가는 줄 몰랐다.

　나는 그 친구네 집을 무척 좋아했다. 특히 커다란 직사각형 모양의 뒤뜰은 싱그럽게 자라난 잔디들로 폭신폭신했고, 축구나 럭비를 하기에는 더할 나위 없었다. 그냥 그 위를 이리저리 뛰어다니고 굴러다니기만 해도 좋았다. 정신없이 뛰어다니며 서로에게 소리치고 목

이 쉴 정도로 웃다보면 걱정거리라고는 바람에 실려 다 날아가버렸
다. 나는 부족할 것 하나 없는 천진난만한 어린이였다.

한창 신나게 놀고 있는데 집 안에서 우리의 흥을 깨는 목소리가
들렸다.

"제임스."

엄마가 나를 부르는 소리였다.

"잠깐 안으로 들어와볼래?"

"왜요?"

난 최대한 반항기를 실어 대답했다.

"다 놀고 들어가면 안 돼요?"

"안 돼. 엄만 네가 지금 좀 들어와줬으면 좋겠구나."

하는 수 없었다. '내가 뭘 잘못한 게 있던가?' 나는 뭔가 혼날 일
이 있는 게 아닐까 재빨리 생각해봤지만 도무지 알 수 없었다. 어쩌
면 아까 내릴 때 엄마 차 문을 제대로 안 닫았을 수도 있겠다. 그것도
아니면 친구네 부모님이 내가 학교에서 저지른 장난들을 우리 엄마
에게 일러준 건 아닐까? 난 도대체 무엇 때문인지 감을 잡을 수 없었
다. 들어가기 망설여졌지만 할 수 없이 어깨를 잔뜩 움츠린 채 떨어
지지 않는 발걸음을 옮겼다.

환한 바깥마당과 달리 집 안은 너무 어두웠다. 갑자기 어두운 곳
으로 들어가니 잠깐 동안 아무것도 볼 수 없었지만, 눈이 적응을 하

고 나니 주방 쪽에 어색하게 서 있는 엄마와 친구 부모님의 모습이
보였다.

"제임스."

엄마는 다시 한 번 내 이름을 나지막이 불렀다.

"너한테 할 말이 있단다."

엄마는 현관보다 더 어두워 보이는 거실로 향하는 문을 가리키며
말했다. 나는 본능적으로 뭔가 큰일이 생겼다는 걸 알았다. 하지만
엄마의 얼굴은 그다지 화가 난 것처럼 보이지도 않았고, 갑자기 무슨
엄청난 일을 겪은 것처럼 보이지도 않았다. 더 이상 어떤 예측도 하
기 힘들어진 나는 순순히 어두운 분위기의 거실로 들어가 소파에 앉
았다. 엄마는 혼자 나를 따라 들어오더니 조심스레 문을 닫았다. 그
러고는 의자를 하나 끌어와 바로 내 앞에 놓고 마주 앉았다.

'도대체 무슨 일이야?' 나는 왠지 불안해졌다. 엄마는 금방이라도
울 것 같은 표정이었고, 동시에 평정심을 잃지 않기 위해 애쓰는 얼
굴이었다. 나는 이런 순간이 세상에서 제일 싫었다. 내가 뭔가 잘못
했다면 그냥 잠깐 야단을 맞는 게 나았다. 어떤 아이에게나 부모님은
천하무적 같은 존재인데, 이렇게 슬퍼 보이는 엄마의 모습을 보는 건
정말이지 너무 힘든 일이었다.

실제로 엄마의 눈가에 눈물이 고인 것을 본 순간, 내 마음속에서
도 연약하고 불안정한 감정이 솟구쳤다. 세상에서 가장 사랑하고 의

지하는 존재가 내가 저지른 어떤 잘못 때문에 눈물을 흘리고 있는 것이다.

"제임스, 난 널 정말 사랑한단다."

예상치 못한 엄마의 말에는 진심이 듬뿍 담겨 있었다. 갑작스레 내 눈시울도 붉어졌다.

"너에게 어떻게 설명해야 할지…… 정말 모르겠구나. 하지만 내가 널 너무나 사랑한다는 사실에는 변함이 없단다."

나는 조금은 놀라고 걱정스러운 마음으로 다음 말을 기다렸다.

"제임스, 난…… 남자가 되려고 해."

엄마는 겨우 말을 이었다. 이제는 눈물이 가득 차고 넘쳐서 그녀의 볼 위로 흘러내렸다.

나는 갑자기 가슴에 구멍이라도 뚫린 것 같은 기분으로 미동도 없이 그 자리에 앉아 있었다. 꽤 오랫동안 방금 들은 말이 무슨 의미인지 이해하기 위해 애썼다. 눈물은 이미 싹 말라버렸다. 나는 혼란에 빠져 아무 말도 하지 못하고 그저 멍하니 허공을 바라보고 있었다. 무슨 말인지는 확실하게 들었다. 하지만 이해가 안 되었다. 그건 말도 안 되는 것이었다.

다시 엄마의 얼굴을 바라봤다. 내게 뭔가 더 설명해주길 바라면서, 세상이 거꾸로 뒤집힌 듯한 얘기가 아니라 뭔가 이해할 수 있는 말이 나오길 바랐다.

아마 비유적인 표현이었겠지. 말 그대로가 아니라 다른 속뜻이 있는데 그렇게 표현한 것은 아닐까? 하지만 더 이상의 설명은 없었다. 내 혼란스러운 머릿속을 정리해줄 해명 같은 것은 없었다. 단 한 마디도.

나는 갑자기 발밑에 생긴 알 수 없는 형태의 심연의 구렁텅이 속으로 빠져들었다. 어린 나이였고, 난생 처음 겪는 이런 상황에서는 무슨 말을 해야 하는지, 어떤 행동을 해야 할지 알 수 없었다. 나에게는 어떤 반응을 보일지 참고할 만한 경험조차 없었다. 저 깊은 어둠 속으로 곤두박질치는 내가 이제 기댈 것이라고는 자식을 향한 부모의 무조건적인 사랑, 그것뿐이었다. 엄마가 내게 사랑한다고 말했을 때 그게 진심이라는 걸 알고 있었다. 하지만 그 순간에는 내 삶을 받치고 있는 모든 기반이 모조리 산산조각난 것 같았다.

정적을 깨려는 듯 방문이 활짝 열리더니 친구의 엄마가 들어왔다. 주스 한 잔을 손에 들고 옆자리에 앉아 내 등을 천천히 쓰다듬었다. 엄마는 내 이마에 입을 맞추고는 밖으로 나갔다.

"제임스, 지금 네가 얼마나 속상하고 혼란스러울지 알아. 하지만 네가 이것만은 꼭 기억해줬으면 좋겠구나. 너희 엄마는 오랜 시간 동안 마음속 깊이 자리잡은 불행과 싸워야 했단다. 네가 엄마의 사랑과 도움이 필요한 만큼, 엄마도 너의 사랑과 지지가 필요해."

나는 머릿속을 헤집어놓는 현기증에도 불구하고 아줌마의 말에 집중하려고 애썼다.

"네가 용기를 가지고 엄마가 행복해질 수 있도록 도와준다면, 엄마는 지금까지처럼 너를 향해 온전한 사랑을 주실 거야."

우리 부모님은 내가 세 살 되던 해에 이혼했다. 그래서 내게는 우리가 한 가족으로 다 함께 지냈던 기억이 없다. 그럼에도 불구하고 내가 무척 행복한 유년 시절을 보냈다는 사실을 생각해보면, 그건 참 특별한 경우였던 것 같다. 나는 엄마가 다니던 대학교의 학생 아파트에서 지냈다. 우리처럼 어린 아이가 있는 가족을 위해 마련된 곳이었다. 꼬맹이들에게 이보다 더 즐거운 곳이 있을 수 있을까. 매일 저녁마다 우리는 다른 친구의 아파트에 가서 저녁을 먹거나, 우리 집에 친구들을 불러다가 시간을 함께 보냈다. 마치 매일매일 함께 놀 열두 명의 형제가 있는 대가족에 속한 기분이었다.

아파트 사람들은 일주일이 채 지나기도 전에 생일 파티에 초대받곤 했다. 다양한 나라에서 온 학생들은 파티를 열 때마다 자신의 나라 문화를 보여주고 싶어 했다. 내가 제일 좋아했던 파티는 멕시코 친구네서 열렸던 것이었는데, 거기에 참석한 모든 아이들은 차례대로 눈가리개를 한 채 나무 빗자루를 건네받게 된다. 그러고 나면 제자리에서 세 바퀴를 돈 뒤, 어지러워 비틀거리면서도 여전히 눈을 가리고 천장에 매달려 있는 커다란 종이돼지 인형(papier-mâché pig)을 향해 달려갔다. 어느 방향으로 가고 있는 건지 모르는 상황에 빗자루까지 휘둘러야 했는데, 기회는 딱 한 번뿐이라 신중해야 했다. 종이돼지의 배를 정확하게 쳐야만 그 뱃속에 든 사탕이며 초콜릿 들을 획득할 수 있었기 때문이다.

드디어 내 차례가 되었을 때, 나는 방향감각을 잃은 상태에서도 공중에 대롱대롱 매달려 날고 있는 돼지 녀석의 높이와 위치를 잊지 않으려고 집중한 뒤 기다란 빗자루를 있는 힘껏 휘둘렀다. 빗자루를 쥔 손에 무언가 파열되는 느낌이 전해졌다. 눈가리개를 벗자 여전히 웃는 얼굴을 하고 있는 종이돼지의 옆구리가 터져서 달콤한 과자들이 쏟아져 있었다. 방 안은 친구들의 웃음과 환호로 가득 찼고 제각기 품 안 가득히 사탕 산을 쌓았다. 슈퍼히어로가 된 다섯 살배기 제임스는 위대한 업적을 매우 흐뭇하게 바라보았다.

나는 아빠도 자주 만났다. 아빠는 격주로 주말에 나를 만나러 왔고, 근처 호수로 가서 배를 태워주거나 근방의 오래된 성으로 데려갔다. 그때마다 항상 정성스럽게 만든 샌드위치와 보온병에 담긴 달콤한 밀크티를 싸와 점심마다 우리 둘만의 소풍을 즐겼다. 방학 때가 되면 나는 몇 주씩 아빠의 집에 가서 지냈는데, 집 근처에 있는 공원에서 공놀이를 하거나 아빠가 지어준 작은 나무집 안에서 나무 막대를 던지며 놀았다.

엄마 아빠가 서로 잘 지내는 것은 아니었지만, 두 분 모두 나를 몹시 사랑했다. 그리고 나는 두 분 모두의 관심을 욕심껏 받을 수 있다는 게 행복했다. 내가 자라온 환경은 절대 평범한 가정 같지는 않았지만, 그런 것은 내게 아무런 문제가 되지 않았다. 각각 따로 사는 부모님이 계시다는 건, 그들의 사랑이 반으로 줄어드는 것이 아니라 오히려 두 배로 넘치게 받는다는 것을 의미했다.

엄마와 그날의 갑작스러운 대화가 있은 뒤 몇 주 동안 아주 극적인 변화들이 이어졌다. 나에게는 엄마 대신 '다니엘'이라고 불러야 하는 가족이 생겼다. 이 새로운 이름에 익숙해지는 것부터 매우 불편한 일이었다. 뭔가 부탁할 일이 있거나 물어볼 것이 있어 그 이름을 불러야 할 때마다, 앞으로 영원히 바뀌게 된 내 삶으로 인해 궁지에 몰린 듯한 느낌이 뱃속부터 차오르는 것 같았다. 호칭은 내가 이 모든 것을 받아들이는 과정을 힘겹게 만들었다. 영어에서 두 개의 성을 구별하는 모든 대명사를 새로 익혀야 했다. 'She(그녀)'에서 'He(그)'로, 또 'Her'에서 'Him'으로. 이 냉혹하고 즉각적인 변화는 나로 하여금 아예 대화를 피하는 게 최선이라고 생각하게 만들어버렸다.

물론 나 혼자서만 이런 변화로 힘겨워한 것은 아니었다. 우리 가족들은 각기 다른 반응을 보였다. 두 외삼촌은 크게 동요하지 않은 채 전처럼 일상생활을 이어나갔다. 아마 함께 자라는 동안 무의식적으로 알아챘던 것은 아닐까. 이런 일이 실제로 벌어지자 도리어 안심하는 눈치였다. 하지만 할머니 할아버지를 설득하는 것은 좀 더 힘들었다. 두 분께서는 반대를 할지, 걱정만 하며 지켜봐야 할지 고민하고 계신 것 같았다. 더 먼 친척들 가운데는 전혀 공감하지 못하는 분들도 있었다. 이상하게도 다른 가족들의 이런 거부반응을 보자 나는 슬프기보다는 반발심과 함께 더욱 강해져야겠다는 마음이 생겼다. 지금 누구보다 상처받기 쉬운 입장에 놓인 내 부모를 보호해야겠다는 생각밖에 들지 않았다.

'다니(다니엘의 줄임말)'에게는 신체적인 변화도 생겼다. 다니는 머리를 짧게 깎았고, 테스토스테론(대표적인 남성 호르몬) 보충제를 복용하기 시작했다. 그러자 목소리는 좀 더 낮게 변했고 까칠한 턱수염도 나기 시작했다. 또 가슴 제거 수술을 위한 진찰 계획도 잡혀 있었다. 여성이라는 것을 상징하는 외적인 모습들이 사라지기 시작했다. 이런 변화들은 너무 단숨에 일어났기 때문에 매우 놀랐지만, 변화가 진행될수록 다니가 여자처럼 보이지도 않고 남자처럼 보이지도 않아서 다른 사람들이 이상하게 생각하면 어쩌나 하는 내 가장 큰 두려움은 사라졌다. 하지만 그해 여름방학이 끝나고 학교로 돌아갈 날이 가까워오자 차츰 불안해졌다.

'친구들이 우리 엄마가 변한 걸 알아채지는 않을까?'

'엄청 놀림을 받게 되겠지.'

나는 창피한 일을 당할까봐 걱정이었다. 친구들이 다니를 보지 않았으면 좋겠다고 생각하는 동시에 그가 늘 내 옆에 있어주었으면 하는 마음도 들었다. 불안한 내가 자신감을 가지고 세상을 마주볼 수 있으려면 그의 사랑과 뒷받침이 간절했기 때문이다. 나는 내면에서 충돌하고 있는 모순된 두 마음 사이에서 갈팡질팡했다. 며칠째 걱정의 탑을 쌓아올리고 있었다. 개학날이 되고 반 친구들을 만나는 순간, 그 탑이 무너지고 파편들이 내 눈앞에 쏟아져 내릴 것만 같았다.

학교로 돌아간 첫 날, 말끔하게 세탁되어 새것 같은 교복을 입은 학생들이 이 교실 저 교실 우르르 몰려다니며 방학 동안 못 본 친구들을 만나느라 정신이 없었다. 아무도 오늘 누가 누구와 학교에 왔는지 따위는 안중에도 없었다. 당연히 내가 다니와 등교한 것도 못 본 것 같았다. 오늘은 개학 첫 날이라 운 좋게도 호기심 어린 친구들의 시선을 피할 수 있었던 것이다.

학교로 돌아왔다는 설렘이 잠잠해질 둘째 날 아침 등굣길에도 마치 학교 전체가 나를 주시하는 것 같은 기분을 느끼며 고개를 푹 숙이고 걸었다. 하지만 그날 역시 소란이 일어나기는커녕 아무도 내게 관심이 없어서 당황스럽기까지 했다. 그 다음 날도, 또 그 다음 날도 걱정했던 일은 일어나지 않았다.

학교에 갈 때마다 결국 누군가 알아냈겠지 하며 친구들로부터 놀림 받을 생각에 불안했지만, 예상 외로 학기 내내 평온한 나날을 보냈다. 여름방학 이전의 근심 없던 날들과 다를 바 없었다. 이 두려움은 내 안에만 존재하는 듯했다. 아무도 내 가정사의 세세한 부분까지 주의를 기울이지도 않았고, 혹시 지나치다 교문 앞에 나를 내려주는 사람을 보면 아버지겠거니 생각하는 것 같았다. 몇 달이 지나자 원치 않는 시선에 대한 두려움은 점점 사라져갔고 내 머릿속은 그저 교내 럭비팀의 선수로 선발이 될 수 있을까, 지난 시험 성적이 잘 나올까 등의 평범한 고민들로 채워졌다.

집에서는 여전히 엄마 대신 다니와 살아야 하는 생활에 적응하기 어려웠다. 하지만 내게는 엄마가 사라졌다는 사실보다 여전히 행복한 가정을 만들기 위해 성별과 상관없이 노력하는 한 사람이 있다는 사실이 중요했다. 다니는 홀로 부모의 역할을 하기 위해 정말 많은 노력을 했다. 덕분에 달라진 것은 아무것도 없었다. 우리의 작지만 아늑한 집에서 나는 여전히 장난꾸러기 소년이었고, 나를 위해 다니가 차려준 맛있는 음식들을 먹었다. 다니는 여전히 어린 내가 잠자리에 들 때 이불을 덮어주었고, 한밤중에 몰래 아래층에 내려가 텔레비전을 보거나 〈바람돌이 소닉〉 게임을 하면 혼을 냈다.

밖에서의 생활에도 별다른 변화가 없었다. 다만 이제 다니와 같이 수영장에 가는 일은 좀 꺼려졌다. 다니의 가슴에 난 큰 수술 자국이 너무 신경쓰였기 때문이다. 하지만 그 수술 자국에 대해 물어보는 사람은 단 한 명도 없었다. 다니에게 딱 한 명이 물어봤었다고 하는데, 수영을 배우러 온 꼬마가 궁금해하며 묻기에 커다란 상어한테 물린

자국이라고 대답했단다.

"완전 짱이네요!"

소년이 흥미로운 표정으로 말했다고 한다.

생활은 거의 변화가 없었지만 우리 둘의 관계는 조금 다른 형태가 되었다. 나는 다니의 행복에 좀 더 책임감을 느꼈고, 혹시 있을지 모를 사회적 비난이나 조롱으로부터 지켜주고 싶었다. 지금 생각해보건대, 우리는 함께 격렬한 변화를 겪으면서 부모와 자식 간의 유대관계 그 이상으로 단단해진 것 같다. 외아들로 한 부모 가정에서 큰다는 것은 서로에게 느끼는 신뢰가 무척이나 강하다는 것을 의미했고, 내 삶의 중심은 그를 기반으로 하고 있었다. 다니라는 든든한 땅 위에 내 세계가 존재한 것이다.

열세 살이 되었을 때 나는 집에서 몇 시간 떨어진 곳에 있는 기숙학교에서 중고등 교육을 받게 되었다. 내 삶의 전부인 다니로부터 분리되는 일은 생각보다 훨씬 어려웠다. 나는 지독한 향수병에 걸렸다. 내가 제일 안심할 수 있는 곳인 집으로 돌아가고 싶었다. 내가 없을 때 다니가 힘든 일이라도 겪게 될까봐 속이 탔다. 학기가 시작될 때마다 처음 며칠이 가장 힘들었다. 마치 부모를 잃기라도 한 것처럼 마음속 깊은 곳에서 느껴지는 상실감을 지울 수 없었다. 학교생활을 하는 동안 꼬박꼬박 집에 편지를 부쳤는데, 최근 학교에서 겪은 일이

나 소식들을 다니에게 미주알고주알 알려주는 내용이었다.

다행히 이런 느낌은 첫 주가 끝날 무렵이면 사라졌기 때문에 나는 다시 친구들과 지내는 시간들을 즐겼고, 여러 가지 학교 활동에 참여하며 행복해졌다. 오랫동안 다니와 떨어져 지내자 점점 학교생활에 익숙해지면서 건강한 독립심이 형성되기 시작했다.

그러던 어느 토요일 아침, 내 인생에 또 한 번의 반전이 있었다. 기숙학교에서 두 번째 해를 맞았고 가을 학기를 지내고 있었다. 학기의 절반쯤 되었을 때 주말 동안 짧은 휴일이 주어졌다. 다니는 학교로 나를 데리러 왔다. 오랜만에 학교 밖에서 지낼 수 있었으므로 우리는 할머니가 살고 계신 바닷가에 내려가기로 되어 있었다.

그날은 전형적인 영국의 가을날이었다. 빠르게 흘러가는 먹구름들로 인해 우중충한 회색빛 하늘, 간간이 내리는 가랑비, 칙칙한 주황색과 갈색으로 변한 나뭇잎, 질척하게 젖은 땅. 학교 뒤편 주차장은 애들을 데려가려고 모인 학부모들의 차로 가득했다. 쏟아지는 소나기에 옷이 완전히 젖어 더 추워지기 전에 다니와 나는 얼른 차로 뛰어들었다. 차를 타고 바닷가로 향했다. 남쪽으로 향하는 익숙한 도로 위를 달리고 있을 때였다.

"제임스."

다니는 나와 눈을 한 번 맞추더니 말을 이었다.

"너한테 알려줘야 할 게 있는데……"

나는 다니의 옆얼굴을 찬찬히 바라보며 뭔가 읽어내려 했다.

"내가 이제 막 만나기 시작한 사람이 있는데……"

"그게 무슨 말이에요?"

내가 물었다.

"여자친구가 생겼어."

겨우 나만의 안락한 세계 속에서 살기 시작했다. 행복한 부모 자식 간의 안정적인 삶을 겨우 되찾았다고 생각했다. 하지만 지금 이 순간, 나의 세계는 또다시 폭발할 위기에 놓여 있었다. 다니와 나의 관계는 산산조각나려 하고 있었다. 밖에는 비가 세차게 내리고 있었다. 굵은 빗줄기는 차창에 사정없이 내리꽂혔고 와이퍼는 정신없이 움직이며 빗물의 장막을 걷어내려고 애썼다.

'다니가 어떻게 나한테 이럴 수 있지?'

나는 그로부터 배신당한 기분이었다. 어떻게 누군가가 우리 사이에 들어올 수 있는 건지 이해할 수 없었다. 앞으로 다니와 나 사이가 어떻게 될지 나는 아무것도 알 수 없었다. 이제 막 안정을 찾기 시작한 내 삶에 누군가 침범한다는 사실을 견딜 수 없었다. 그 누구와도, 더군다나 잘 알지도 못하는 사람과 다니를 나누고 싶지 않았다. 그녀가 우리 가족에게 어떤 영향을 미칠지 알 수 없었기에 나는 두려웠다. 하지만 이 사건은 시간이 흐른 뒤 다니라는 사람이 어떤 선택을 했는지, 왜 그럴 수밖에 없었는지 이해할 수 있는 통로가 되었다.

나는 다니가 처음 성별을 바꾸겠다는 결정을 했을 때 그게 정확히 무슨 뜻인지 이해할 수 없었다. 난 기껏해야 아홉 살짜리 꼬마였고 다니의 결정을 이해할 만큼 경험이 많은 것도 아니었다. 자라면서 그 사실에 익숙해지긴 했지만 그의 행동이나 선택에 대해서 공감하게 된 것은 아니다. 지금 내 새엄마가 된 분을 다니가 처음 사귀기 시작했을 때, 나는 보통 이혼 가정의 자녀들이 부모가 재혼한다고 했을 때 보이는 것과 똑같은 반응을 보였다. 나는 질투를 느꼈고 이기적으로 굴었다. '내' 부모님을 다른 사람과 공유하고 싶지 않았다. 별난 일도 아니건만 고통스러운 경험이었다.

내가 십 대가 되었을 때 다니는 여자친구와 2년째 사귀고 있는 중이었다. 나는 그즈음 처음으로 여자친구를 사귀고 싶어졌다. 사랑에 빠지고 싶어진 것이다. 외로움을 채워줄 누군가와 내 취미에 대해 이야기하고, 상대방의 취미에 대해 들으며 친밀한 감정을 나누고 싶었다. 나의 삶을 나눌 수 있는 그 누군가를 만난다면 얼마나 행복할까? 바로 그때 깨달았다. 다니도 그저 내가 원하는 것과 똑같은 것을 원하고 있을 뿐이라는 걸. 사랑, 성취감 그리고 궁극적으로는 행복해지는 것.

다니가 처음 새엄마를 만나게 된 건 사랑을 찾기 위해서였다. 애초에 그가 잘못 태어났다고 생각한 몸을 바꾸기로 결정한 것도 행복을 찾기 위한 선택이었다는 걸 나는 이해하기 시작했다. 나 또한 사랑을 찾기 원하고 행복한 삶을 살기 원하면서, 무슨 자격으로 다니에게 찾아온 기회들을 막을 수 있단 말인가.

다니는 서른다섯이 된 어느 날 갑자기 남자가 되겠다고 결정한 게 아니다. 그가 기억할 수 있는 아주 어릴 때부터 잘못된 몸에 들어와 있는 것 같다는 생각에 시달렸다고 한다. 그는 내면에서 벌어진 이 싸움을 드러내놓고 해결할 수도 없었다. 당시만 해도 사회의 편견과 제도에 맞서는 게 쉽지 않았기 때문이다.

만약 아홉 살의 내가 다니의 결정과 타협하지 않기로 했다면 어떻게 되었을까. 내가 그에게 '당신은 그 길을 택할 권리가 없다'고 말했다면? 스스로의 정체성을 찾기 위해 수십 년간 노력한, 그리고 행복을 위해 어려운 선택을 한 그를 비난했다면, 지금 우리는 어떻게 되었을까?

나는 그가 보여준 무한한 사랑과 보살핌을 잃은 채 자랐을 것이고, 내 아름다운 유년 시절의 기억들도 전부 존재하지 않았을 것이다. 다니는 내가 어떤 사람이든, 어떤 결정을 하든 무조건적으로 지지해주는 유일한 사람이다. 나를 키우는 내내 희생을 마다하지 않았고, 내게 최선의 교육과 기회를 주기 위해 무엇이든 했으며, 나를 몹시도 사랑해 격려와 응원을 아끼지 않았다. 그런 사람을 나는 영영

잃었을 것이다.

다니 역시 자신의 하나뿐인 아들과 그 아들이 성장하는 동안 느꼈던 기쁨, 시련, 자랑스러운 순간, 추억 이 모든 것들을 잃었을 것이다. 무엇을 위해 그렇게 싸워야만 하며, 얻는 것은 대체 무엇이었을까?

내가 이 이야기를 하기로 결정한 건 다니가 너무나도 자랑스럽기 때문이다. 앞으로 벌어질 일들이 얼마나 자신을 힘들게 할지, 한 치 앞도 모르는 미래로 인한 두려움에 직면해 있으면서도 그는 용기 있는 선택을 한 것이다. 나는 처음에는 여자 혹은 남자로 구분되어야만

하는 사회의 시선으로 그를 이해하려 했다. 하지만 그런 사회의 시선보다는 한 사람이 진정으로 행복한가가 가장 중요하다는 걸 깨달았다. 물론 한 사람이 자신만의 행복을 찾아가는 과정을 이해하고 지지하는 것은 때로는 무척 힘든 일이다. 하지만 그 사람의 선택을 받아들이는 것은 나를 더 행복하게 하고 단단한 사람으로 만들어주었다.

두려움과 맞설 수 있는 용기 있는 사람. 한 사람을 있는 그대로 존중해주는 사람. 내게 행복을 찾는 방법을 몸소 보여준 사람. 내게 그 사람은 바로 다니인 것이다.

내가 집으로 돌아갈 때, 그곳에는 행복과 사랑이 넘치는 가족이 있다. 나는 그 외에는 바랄 것이 없다.

SOUTH
SUDAN

UGANDA

NALANGO SCHOOL

DEMOCRATIC
REPUBLIC
OF THE CONGO

KENYA

TANZANIA

chapter 8

방황할
자유

THE FREEDOM TO DISCOVER

FREEDOM

당신이 자유를 갈망하듯
다른 이의 자유도 즐길 줄 알아야 한다.
자유를 갖지 못한 자는
자유롭지 못함에 분개할 것이고,
방황하고 성장할 자유를 가진 자는
그 안에서 수많은 가치들을 발견할 수 있다.

방 황 할 자 유

　내 아내 정민은 처음 만났을 때부터 아프리카라는 대륙에 매료되어 있었다. 어떤 사람은 북미 대도시의 화려한 불빛에 사로잡히고, 또 다른 사람들은 유럽의 역사적인 도시들에서 낭만을 찾고 싶어 하듯이 정민은 언제나 격양된 목소리로 광대한 아프리카의 신비로움에 대해 이야기하곤 했다. 그 열망은 그저 순진하기만 했던 중학교 시절부터 시작되었다고 했다. 아프리카가 하나의 나라가 아니라 그 광활한 토지에 셀 수도 없이 많은 문명과 다양한 사람들이 존재한다는 사실을 깨닫지 못한 채로 지냈다는 것은 적잖은 충격이었던 모양이다.

　외부 세계에 대해 전혀 뜻밖의 새로운 사실을 알게 된 것은 그녀에게 매우 자존심 상하는 일이었다. 그래서 더욱 아프리카에 대한 것이라면 그 역사와 부족들, 다양한 문화에 대해 알아내는 것에 마음이 가 닿았던 모양이다. 이집트는 북아프리카에 속한 아프리카 국가 중 하나라는 것, 아랍인과 베두인 민족들이 남반구의 지중해 해안가에서 살고 있다는 것, 남아프리카에 대규모의 백인 인구가 있다는 것, 그것이 인종 갈등으로 인한 남아공의 현대사를 설명하는 데 핵심이 된다는 것도 그녀에게는 새로운 정보를 알아가는 발견의 기쁨 같은 것이었다.

그녀는 이제 아프리카가 어딘가 저 먼 곳에 있는 획일적인 모습의 나라가 아니라 다양한 문화와 그들만의 타고난 깊은 역사, 폭넓은 기후와 극단적인 환경을 지닌 인류의 요람이라는 것을 깨달은 것에 흥분했다. 언젠가는 꼭 두발로 아프리카 대륙을 밟고 싶어 했다. 적어도 아프리카의 한 국가에서 살아보거나 일하는 자신의 모습을 그렸다. 그럼에도 불구하고 아프리카로 향하는 문을 여는 일에는 언제나 장애물이 있었다. 그녀의 부모님은 안전을 문제로 여자 혼자 낯선 나라에 간다는 생각을 반기지 않았고, 국제기구에서 인턴십이나 해외 봉사활동 기회를 찾는다 해도 엄청난 경쟁률을 뚫고 선택될 확률은 낮아 보였다. 그래서인지 그녀의 열망은 잠시 보류되는 듯했다. 언제 올지 모를 기회를 엿보며 그녀는 조심스레 마음속으로만 생각을 키우고 있었다.

롭과 앳킨슨을 떠나보내야 했던 2009년의 봄, 롭의 가족들과 리처드 그리고 나는 한 자리에 모여 앉아 롭을 기억할 수 있는 방법을 찾아내는 데 집중하고 있었다. 되도록이면 더 많은 사람과 롭의 이야기를 나누기 위해 우리는 무언가를 해야 했다. 그가 그냥 과거 속으로 사라지게 두고 싶지 않았다.

우리는 여러 날 동안 여러 가지 아이디어들을 놓고 고민했지만 어떤 것이 제일 좋을지에 대해서는 아직 확신이 없었다. 그리고 각자 잠자리에 드는 조용한 밤이 오면 또다시 상실의 슬픔이 몰려왔다. 하지만 두 친구를 기억하기 위해 적극적으로 무언가 활동적인 일을 꾸미는 것은 확실히 우리 모두가 슬픔을 극복할 수 있도록 도왔다. 우리에게는 집중해야 할 새로운 목표가 생겼다. 롭의 이야기를 통해 기부금을 모으기로 한 것이다.

그의 이야기를 되짚어 보면 모든 것은 학교 사이클링 클럽에서 시작되었다. 그리고 우리는 자주 다 함께 유럽을 자전거로 여행하며 재밌고 즐거운 추억들을 만들어왔다. 자전거는 우리가 더 큰 꿈을 꿀 수 있는 자신감을 만들어준 계기였고 언제나 우리를 쉽게 하나로 만들어주었다. '자전거 여행!' 우리는 그게 가장 롭과 앳킨슨의 이야기를 잘 표현할 수 있는 상징이라는 데 동의했다. 그건 우리가 그들을 회상할 수 있는 가장 좋은 방법이었고 다른 친구들과 가족들도 쉽게

참여할 수 있는 활동이었다. 그래서 자전거 여행을 통한 모금 활동을
하자는 데 의견을 모았다.

롭의 동생과 리처드 그리고 나는 즉각적으로 계획을 세웠다. 우선
은 우리만의 낡은 관습이 된 지도와 큰 백지, 펜 몇 개를 꺼내드는 일
부터 시작했다. 그리고 떠올릴 수 있는 모든 아이디어들을 되는 대
로 적어내려갔다. 우리는 적당히 도전정신을 북돋울 수 있는 길을 고
르는 것과 동시에 초보자에게 너무 어렵지 않은 곳을 선정해야 했
다. 게다가 참여하는 사람들이 낼 수 있는 휴가 기간을 고려해 이동
거리를 결정해야 했다. 너무 멀리에서 시작하면 일정에 무리가 될 터
였다. 꼭 참여하고 싶도록 만드는 매력적인 여정이면서도 기부금을

낼 수 있는 동기를 유발하는 것도 중요했다. 여행을 하는 동안 어디서 자야 할지 또 짐은 어떻게 날라야 할지, 또한 모두 도로 위에서 안전하게 자전거를 탈 수 있도록 만드는 것도 생각해야 했다. 참가자의 규모만 보면 우리가 계획했던 어떠한 탐험보다 크고 그로 인한 위험부담도 컸지만, 우리는 두 친구를 기억하며 반드시 해내고 싶었다.

6개월의 시간이 흐른 뒤, 2009년 8월의 2주간은 기부 자전거 여행 '원 마일 클로저'의 첫 번째 여정이 한창이었다. 인원은 총 30명이었다. 옛날 학교 사이클링 클럽의 선생님, 롭의 아버지, 앳킨슨의 대학 친구들, 여기저기에서 우리의 얘기를 듣고 모인 열댓 명의 다른 친구들, 심지어 '원 마일 클로저'가 시작되기 며칠 전에 만난 멕시코인 세 명도 함께하게 되었다. 우리는 그들을 지원 차량의 뒷자리에 태우고 시작 지점으로 함께 갔다. 롭의 이야기로 새로운 사람들에게 영감을 불어넣는 것. 아마 모든 참가자들 중 이 세 명이 우리가 '원 마일 클로저'를 처음 계획할 때 가장 함께하고 싶었던 사람들의 전형이 아니었을까.

가까운 친구들이건, 처음 만난 낯선 사람들이건 우리는 함께 모험을 즐기고 많은 곳으로부터 기부금을 받을 수 있었다. 첫 번째 '원 마일 클로저'는 대성공이었고 우리 모두를 자랑스럽게 만들었다. 14일이 넘는 기간 동안 영국 최북단 존 오그로츠에서 시작, 춥고 바람 부는 스코틀랜드의 북동쪽 귀퉁이를 돌아 '땅끝'이라고 이름 붙은 영국 서남쪽의 귀퉁이까지 우리는 영국 전체를 가로지르는 1,600킬로미터 이상의 거리를 달렸다. 여정은 우리를 빙하작용으로 조각된 광활한 스코틀랜드의 고지대로, 산 전체를 뒤덮은 보랏빛 야생 헤더꽃들이 핀 길가로, 기다란 풀이 끝도 없이 자라난 너른 습지대로 데려갔다. 아쉽게도 유명한 네스 호 괴물(스코틀랜드의 네스 호수에 산다고 여겨지는 공룡처럼 생긴 괴물)은 그 옆을 지나며 페달을 밟아대는 동안 마중 나오지 않았지만, 우리는 전부 다 파란색 유니폼을 맞춰 입고 대형을 유지하며 동요치 않고 계속 남쪽으로 향했다.

매일 캠핑장에 텐트를 쳐두고 다 함께 대형 파스타 냄비 곁으로 모여 저녁을 먹으며 수많은 이야기를 나눴다. 그러고는 하나 둘 다시 텐트 마을로 돌아가 자기만의 침낭 고치 속에서 애벌레처럼 웅크리고 잠을 청했다. 도로 위에서는 우리가 배워온 그대로 조금 더 강한 친구들이 상대적으로 경험이 적은 친구들을 이끌어주었고, 험한 고개를 헉헉거리면서 오르거나 전력 질주를 하는 경쟁도 하며 장거리 자전거 여행의 묘미를 더했다. 도착지점에 다다를 무렵, 제각각이던 사이클 선수들은 하나의 팀으로 작동하고 있었다. 풋내기들은 자신감을 얻었고, 새로운 리더들의 정체가 드러났다. 처음으로 다른 사람들과 힘을 합쳐 장거리 자전거 여행이라는 모험을 해낸 친구들의 얼굴에는 들뜬 행복감과 기쁨이 가득했고 눈물을 훔치는 친구들도 있었다. "우리 이거 또 할까?"라고 묻는 친구들이 있는가 하면, "난 지금 바로 등록할래" 하는 친구들이 있었다. 마지막 날 파티에서 자랑스럽게 할 수 있는 이야기가 또 있었다.

우리의 첫 번째 '원 마일 클로저'는 롭의 이름으로 3,600만원 가량의 기부금을 모았다. 이제는 다시 식탁 앞에 앉아 기부금을 어떻게 쓸지 궁리해야 했다. 롭이 원했을 것이라고 생각되는 일이어야만 했다. 하지만 기부금의 취지에 딱 맞는 프로젝트를 찾는 것도 쉬운 일이 아니었다. 롭의 부모님은 위험한 탐험을 후원하는 일만은 절대 피하고 싶어 하셨고, 나와 리처드는 어려움을 극복하고 도전정신을 고취시킬 수 있는 프로젝트에 보탬이 되길 바랐다. 그런 와중에 우리

모두가 공감하는 것이 한 가지 있었는데, 바로 교육이었다. 롭은 특별히 공을 들여 어린 친구들에게 용기를 주기 위해 지속적으로 많은 학교들에 탐험에 대한 발표를 하러 다녔었다. 그래서 교육이라는 목적을 포함하면서 다른 요소들도 다 갖춘 프로젝트를 찾고 싶었다.

우리 모두는 완벽한 무언가를 찾는 데 한참 동안 매달렸지만, 여전히 단번에 마음을 사로잡는 프로젝트는 나타나지 않았다. 1년이 넘도록 우리의 열광적인 사이클리스트들이 모은 기부금은 먼지만 날리는 통장 안에 가만히 앉아 있었다. 그러던 2011년 초의 어느 날, 리처드가 돌연 우리 모두의 의견을 한데 모을 수 있는 번뜩이는 아이디어를 생각해냈다. 리처드는 국제원조활동의 각종 프로젝트 책임자로 있었는데, 그 활동 중 우간다에서 학교를 짓는 사업을 하는 한 가족이 운영하는 영국 자선단체 HvSMF를 만났다.

HvSMF는 고등학교를 막 졸업하고 우간다에 봉사활동을 가기로 계획했던 헨리가 교통사고로 안타깝게 목숨을 잃으면서 그의 부모님이 시작한 자선단체였다. 리처드는 꽤 오랜 시간 동안 이 가족과 함께 일하며 서로에 대해 충분히 알게 되었고, 그들이 하는 프로젝트들이 얼마나 잘 운영되고 있는지 보아왔다. 리처드는 우리에게 HvSMF를 통해 우간다에 학교를 짓는 것이 어떻겠냐고 말했다. 이 생각은 정말 완벽하게 모든 항목을 만족시켰다. 이미 잘 운영되고 있는 단체를 통해 하는 일이므로 모든 것을 처음부터 시작할 필요가 없어진데다가, 비슷한 이유로 세워진 곳이기 때문에 그 누구보다도 우리의 동기를 잘 이해할 터였다. 또 우간다는 오랜 시간을 함께한 여자친구가 우간다계 혼혈인이었기 때문에 롭이 꼭 한 번 가보고 싶어 하던 곳이었다.

무엇보다도 학교라는 곳은 어린 친구들에게 롭의 삶을 통해 말하고 싶은 메시지를 전달할 수 있는 완벽한 장소였다. 게다가 제대로 된 교육을 받기 힘든 곳에서 쓸 만한 학교 건물과 시설, 질 좋은 교육을 제공하여 더 많은 학생들이 스스로의 미래를 꾸려나갈 수 있도록 돕는 일은 '도전'이 될 것이었다. 이제 방향은 정해졌다.

다음으로 우리는 HvSMF와 함께 학교가 가장 필요한 지역을 선정하는 작업을 함께 진행했다. 롭의 부모님은 몇 달간 여러 다른 지역 학교의 교장 선생님들과 이메일로 면담을 진행했다. 그중 한 학교가 특별히 관심을 끌었다. 두 명의 선생님과 세 명의 학생. 망고나무 아래의 그늘이 교실의 전부인 학교. 그리고 그 학교의 폴 카사드하 교장 선생님. 시설이라고 할 것도 없는 학교의 열악한 사정도 그랬지만, 폴이 가진 학교의 발전에 대한 뚜렷한 믿음과 비전 그리고 따뜻한 인간미는 우리로 하여금 나랑고 중고등학교에 첫눈에 반하게 만들었다.

드디어 힘겹게 얻은 기부금이 우리의 손을 떠났다. 같은 해 말, 나랑고는 3개의 교실과 작은 교무실까지 있는 건물 한 동과 화장실이

These classrooms were constructed by
The Henry van Straubenzee Memorial Fund
2011
thanks to funds donated in memory of
ROB GAUNTLETT
1987 - 2009
The Youngest Briton to Climb Mount Everest 2006

있는 학교로 탈바꿈했다.

한편, 정민은 나랑고에 대해 속속들이 알고 싶어 했다. 틈만 나면 내게 새로운 학교 소식은 없는지 물었다. 그래서 나는 리처드가 정기적으로 작성해서 보내는 학교 관련 이메일들을 그녀에게 보여주었다. 대학 졸업 직후 영어 교사로 일하던 정민은 계속 본인의 장래에 대해 고민했지만, 특별히 열정을 불러일으킬 만한 일을 찾지 못하고 있었다. 그녀는 매일 반복되는 일상에 묻혀 점점 더 의욕이 없어져 가는 듯했다. 다만 나랑고에 대해 얘기할 때면 그녀의 눈은 반짝이기 시작했고 몸짓에는 생기가 돌았다.

우간다에서 진척 중인 우리의 프로젝트가 그녀의 오래 된 관심에 다시 불을 붙이게 된 것일까. 그녀는 그 프로젝트에 관여할 방법이 없을까 궁리했다. 그러던 어느 날, 그녀가 불쑥 물었다.

"저기, 혹시 내가 나랑고에 가서 가르치거나 할 수는 없을까?"

생각지도 못한 질문에 나는 잠시 평정심을 잃었다. 우리의 기부금 모금 활동을 도우려는 정도로만 생각했지, 그녀가 그렇게 깊게 직접적으로 학교와 관련된 일을 하고 싶어 할 것이라고는 예상치 못했다.

"나도 잘 모르겠어. 리처드랑 얘기해보는 게 어때?"

나는 마지못해 대답했다. 마음 깊은 곳에서 그녀를 보내고 싶지 않다는 생각이 고개를 들었다. 나는 그녀가 보고 싶을 테고 또 걱정이 될 것이었다.

"좋아! 그럼 조금 이따가 리처드한테 전화해보자!"

그녀는 웃으며 말했다. 나는 알겠다고는 했지만 리처드가 이 아이디어에 대해 어떻게 생각할지 알 수 없었다.

리처드는 대찬성이었다. 그렇게 되면 폴과 더 끈끈한 인연을 맺을 수 있는데다가, 건물이 완공되고 나면 학교가 하루하루 어떻게 운영되고 있는지 직접 알 수 있어서 좋다는 것이었다. 나는 가슴이 철렁 내려앉았다. 도무지 어떻게 반응해야 할지, 여러 가지 생각으로 속이 편치 않았다. 나는 언제나 그것이 무엇이든 정민이 가진 뜻을 이룰 수 있도록 지지해주고 싶었지만, 동시에 그녀가 늘 내 근처에 있기를 바랐다. 그녀가 없다면 이미 익숙해져버린 도움 없이 내 일상생활이 얼마나 불편해질까 하는 이기적인 걱정도 들었다.

내가 여러 가지 감정에 휩싸여 씨름하고 있는 동안, 정민은 점점 더 구체적인 계획을 세웠다. 늘 노리던 기회를 마침내 잡게 되어 기쁜 것 같았다. 날이 갈수록 그녀는 점점 더 쾌활해져갔다. 생기발랄한 그녀를 보는 것은 내게도 큰 즐거움이었다. 개인적인 고민에도 불구하고 나는 그녀가 추구하는 바를 이룰 수 있도록 격려하는 것이 내 할 일이라는 것을 알고 있었다. 리처드는 정민이 나랑고에 가는 데 대해 폴의 전폭적인 찬성의 회신을 받았다. 그 순간, 나는 주저하면서도 그녀가 정신없고 북적거리는 우간다의 수도, 캄팔라로 향하는 비행기 티켓 예약하는 것을 도왔다.

우간다에는 건기가 한창이었고 무더위가 기승을 부리고 있었다. 2012년의 1월 말 정민이 막 우간다에 도착했을 때, 비쩍 마른 초목들 위로는 오렌지빛 흙먼지가 잔뜩 눌러붙어 있었다. 움직임이 없는 모든 것에는 이 불그스름한 모래옷이 몇 겹으로 쌓였다. 도착하기 전에 미리 만나기로 한 운전기사가 오지 않아 캄팔라 공항 밖에 앉아 한참을 기다리고 있었다. 알고 보니 우간다에서는 정확한 시간 개념이 없어 모두들 기다림에 익숙하다고 했다.

마침내 만난 운전기사 무사는 정민을 뒷자리에 태우고 캄팔라의 복잡한 시내를 빠져나가려 애썼다. 교통 체증도 심한데다가 보다보다(오토바이 택시)와, 수십 개의 성경 구절, 찬송가 가사들을 색색가지의 스티커로 제작해 창문을 빼고는 빼곡하게 붙인 채 버스로 탈바꿈한 중고 봉고차들을 피해가는 것은 거의 곡예 수준이다. 달리는 중에도 차 안으로 들어오는 뜨거운 공기 덕분에 숨쉬기도 여간 힘든 것이 아니었다. 게다가 바람은 흙먼지를 잔뜩 실어와 콧속이며 땀으로 젖은 온몸에 달라붙었다.

오래된 차들이 뿜는 시커먼 배기가스와 우르릉대는 엔진의 소음을 배경으로 도심을 살짝 벗어나자마자 차창 밖으로 지나는 풍경에는 그녀가 단 한 번도 만난 적 없는 빈곤과, 전혀 다른 열대기후의 자연 환경이 끝없이 펼쳐져 있었다. 좀 더 교외 지역으로 나가자 이번에는 길 한가운데를 막고 남아 있는 풀이라도 뜯으려는 한 무리의 소 떼 때문에 기다려야 했다. 제대로 포장된 도로가 없는 우간다에서는 큰 바위나 나무가 길을 막고 있지 않으면 그나마 다행이고, 아스팔트로 포장되어 있다고 하더라도 유지 관리가 안 되는 바람에 곳곳이 움푹 패어, 기술 좋게 요리조리 피해가다가 바퀴라도 빠지면 덜컹거리는 충격을 온몸으로 받아내야 했다. 엄청난 속도를 내며 반대편으로 지나가는 차라도 만나면 모래먼지가 소용돌이쳐 창문 손잡이를 재빨리 돌려 올려야 했다. 그렇지 않으면 숨이 턱턱 막혔다.

지난 몇 주간 우리 둘은 내 가족들과 크리스마스를 함께 보내기위해 영국에 있었다. 영국의 춥고 축축한 겨울과 단정하게 꾸며진 아기자기한 집들에서 한 달간 보냈던 것을 생각하면, 참으로 갑작스러운 변화였을 것이다. 히드로 공항에서의 작별 인사는 정말로 우울한 것이었다. 나는 억지로 미소를 지으며 앞으로 반년간 떨어져 지내게 되었다는 생각을 하지 않으려고 애썼다. 그럴수록 눈물이 흐르는 것을 참을 수 없었다.

그로부터 12시간 후, 그녀는 지구의 반대편에서 인생 최대의 모험이 시작되는 순간 속에 서 있었다. 모든 것이 신기하기만 한 이 새로운 나라에 매혹된 채 그녀는 그 순간 외에는 어떤 것에도 집중할 수 없었다. 신나게 엉덩방아를 찧으며 울퉁불퉁한 우간다의 도로를 달리는 동안 날은 이미 완전히 저물어 있었다. 마침내 나랑고에 도착했을 때는 가로등 하나 없는 어둠 속에서 나무들 사이로 정체를 알 수 없는 미친 여자의 비명 같은 괴성이 간간이 들려오고 있었다. 폴은 별빛 사이로 윤곽만 흐릿하게 보이는, 막 완공된 새 학교 건물 앞에서 오기로 한 시간을 훌쩍 넘긴 정민을 참을성 있게 기다리던 참이었다.

"마담, 진심으로 환영합니다."

폴은 하얀 이가 전부 드러나는 미소를 얼굴에 가득 머금고 부드러운 목소리로 인사를 건넸다. 다른 선생님들도 기다리다가 시간이 너무 늦어져 집으로 돌아갔고 폴만이 어둠 속을 지키고 있었다. 두 사람은 학교에서 얼마 떨어지지 않은 폴의 집으로 갔다. 폴은 하루 만에 먼지투성이가 되어버린 정민의 짐꾸러미를 들고 그녀가 지내게 될 방을 보여주었다. 그것은 두 개의 방이 있는 안채와 연결된 손님

방이었다. 방 안에는 나무로 된 싱글 사이즈의 침대가 모기장으로 완전히 둘러쳐져 있었고, 침대맡에는 작은 탁자도 있었다. 그리고 방 옆에 난 또 다른 문을 열면 1평 남짓한 공간의 샤워장이 있었는데, 지붕이 없이 벽으로만 막아놓은 곳이었다. 다행히 별로 키가 안 큰 정민이 완전히 일어서지만 않으면 밖에서는 안 보일 것 같았다. 다만 전기나 조명 같은 것은 없었기 때문에 아침이 되어야 모든 것을 자세하게 볼 수 있을 것이다.

그날 밤, 뒤집어쓴 먼지를 대충 닦아내고 잠자리에 든 그녀는 피곤이 몰려오는데도 잠이 안 왔다. 도시에서 멀리 떨어진 고립된 시골이라는 것도 알고 있었고, 언제나 당연한 것으로 받아들이던 전기나 제대로 된 욕실이 있을 리 만무했다. 그렇기는 하지만 완전히 낯선 곳에 와버렸다는 사실을 새삼스레 깨달았다.

시간이 지나면서 정민은 새로운 생활 방식에 점차 적응해갔다. 아무래도 전기가 없는 밤에는 할 수 있는 일에 제약이 있기 때문에 최대한 해가 떠 있는 시간을 활용해야 했다. 그것은 동이 틀 무렵 울어대는 동네 수탉들의 울음소리가 가장 정확한 자명종이 될 수 있다는 소리였다. 새벽녘부터 일어나는 일이 생각보다 고역은 아니었다. 열어놓은 창문 틈으로 집 뒤쪽에 있는 몇 그루 커피꽃의 톡 쏘는 진한 향기가 아침마다 코끝을 간질였다. 꿈속보다 더 좋은 이 향기 덕에 금방 잠에서 헤어나오고 싶어졌다.

　아침 일찍 일어나야 하는 이유는 또 있었다. 동이 틀 무렵에만 잠깐 피는 버섯을 따러 가야 했다. 보통 집에서 가장 어린 애들이 하는 일거리였는데, 그도 그럴 것이 그것은 마치 보물찾기와 같았다. 정민을 위해 그녀보다 늘 두어 시간이나 먼저 일어나 앉아 있는 폴을 따라 둘은 아침마다 버섯 사냥에 나섰다. 버섯들은 선선한 아침 공기를 맞으려 지하세계에서 잠시 올라와 돋아났다가 뜨거운 태양을 피해 다시 쏙 들어가버렸다. 희망에 찬 사냥꾼들에게 주어진 시간은 얼마 되지 않지만 분명 단조로운 점심 메뉴에 훌륭한 반찬이 되어줄 것이다. 다른 집 꼬맹이들이 이미 다녀간 탓에 어떤 날은 빈 바구니로 돌아올 때도 있었지만, 정민의 버섯 사랑은 이내 동네에 소문이 난 모양이었다. 각자 돌아가는 길에 폴의 집에 들러 그 둥글납작하고 탐스러운 버섯들을 한 움큼씩 내려놓았다. 그런 날 저녁에는 국에도 버섯을 넣고, 기름에 볶아먹거나 삶아먹는 등 버섯 잔치를 벌였다.

　아침부터 동네 구석구석을 헤집고 다닌 탓에 정민은 금방 허기가 져 아침으로 뭐든지 먹어치울 기세가 되었다. 샛노란 색의 건조한 식빵 두 조각에 우간다에서 직접 재배한 꿀을 발라 들고는 학교에 갈 채비를 했다. 잠시 기다리면 집 앞으로 나이가 지긋한 신사가 삐걱거리는 오래된 자전거 한 대를 끌고 나타난다. 정민은 매일 2천 실링(약 천원)을 주고 그의 자전거 뒤에 올라탔다. 그는 그 돈으로 오늘 하루 먹을 식량을 살 수 있을 것이다. 학교 가는 길에는 두 번의 오르막길이 있는데, 그때마다 둘은 잠시 자전거에서 내려 할아버지 또래의 운전기사가 자전거를 끌고 정민은 그 옆을 나란히 걸었다. 할아버지는 영어를 못했지만, 정민이 아주 간단한 우간다어를 구사할 때마다 화통한 웃음으로 화답했다.

긴 아침을 보내고 학교에 도착하면, 교무실에서 다른 선생님들과 인사를 나누고 오늘 들어가야 되는 수업을 확인한다. 아직 반짝반짝한 새 교실에는 100명은 족히 되는 학생들이 책상마다 서너 명씩 끼어 앉아 있다. 위생상의 문제로 남학생 여학생 할 것 없이 두발은 항상 짧게 빡빡 깎아야 한다. 거기에 교복까지 입고 있기 때문에 정민의 눈에는 학생들이 전부 다 똑같아 보였다. 먼 나라에서 온 선생님을 신기하게 바라보는 학생들의 눈에는 장난기가 가득했고 정민이 무슨 말이라도 할라치면 키득키득 웃기부터 했다. 강한 우간다식 영어 억양을 가진 학생들은 정민의 영어 발음에도 익숙하지 않았을뿐더러, 교실에 빈 공간 하나 없이 빽빽이 들어찼으니 뒤에 앉은 학생들에게는 아예 목소리가 들리지도 않을 것이다. 그래서 수업 시간 내내 오늘 무엇을 하려는 것인지 겨우 모두 이해한 것 같다 싶으면 마칠 시간이 되었다.

점심시간에는 학생과 선생님 모두 운동장 한쪽 망고나무 밑에서 임시로 운영되고 있는 부엌에 모인다. 선생님들부터 차례차례 포쇼

(옥수수가루로 떡처럼 찐 음식)와 그것을 찍어 먹을 강낭콩 종류로 끓여낸 소스를 한 접시에 담는다. 소금간이 전부인 이 투박한 음식을 다 같이 모여 앉아 먹으니 그렇게 맛있을 수가 없었다. 어떤 학생들에게는 그 한 끼가 그날 먹을 수 있는 음식의 전부였고, 또한 그것이 그들이 학교에 오는 이유가 되기도 했다. 모두에게 항상 먹을 것이 충분한 것은 아니라는 사실은 정민이 금방 알아차릴 수 있는 가장 냉혹한 형태의 빈곤이었다. 무엇을 먹느냐가 아니라 먹을 것이 있느냐가 문제였다.

서로 등을 맞대고 앉아 있노라면 망고나무는 한낮의 태양을 피하기에 충분한 그늘을 내주었다. 한 손을 오목하게 모아 점심을 다 떠

먹고 나면, 몇몇은 바나나 나뭇잎, 돌멩이, 플라스틱 비닐 등을 칭칭 감아 만든 공을 맨발로 차며 축구를 하고, 몇몇은 정민의 옆으로 모여들었다. 학생들은 수줍음도 많이 탔지만 호기심도 많아 정민의 손을 슬며시 잡아보기도 하고 영어를 잘하는 친구들은 어떻게든 대화를 이어나가려고 했다. 또 다른 친구들은 정민에게 우간다어를 가르쳐주려 열성이었다. 정민은 매일매일 조금씩 그들에 대해 알아가고 있었다. 나랑고 학생들 한 명 한 명의 삶에 대해 알아간다는 것은 정민이 전혀 다른 눈으로 세상과 삶을 바라볼 수 있도록 허락했고, 그녀는 이 시간이 너무도 소중했다.

여전히 오후의 태양이 뜨거웠지만 정민은 학생들과 꼭 체육 시간을 가졌다. 그들은 요가로 스트레칭을 시작하는 생전 처음 보는 정민의 동작을 보며 웃음을 참지 못했지만, 곧 "선생님, 저 좀 보세요" 하며 경쟁하듯 따라하기 시작했다. 어떤 날은 선생님과 학생이 뒤바뀌어 정민이 몇 명의 학생들로부터 매우 격렬한 움직임을 가진 우간다 전통 춤을 배우기도 하고, 방과 후에는 학교 합창단에 끼어 학생들 사이에서 함께 노래 연습을 하기도 했다. 그렇게 낯설기만 하던 정민과 학생들은 차츰 서로를 받아들여가고 있었다.

학교가 끝나면 학생들은 진흙으로 벽을 바르고 지푸라기로 지붕을 올린 우간다식 작은 집으로 돌아가, 부모님을 도와 집안일을 하거나 밭에 나가 농사일을 도왔다. 정민도 학교에서의 일과를 마치고 그날 해야 될 일들을 생각하며 먼지가 이는 길가를 따라 집으로 갔다. 반나절 만에 꼬질꼬질해진 옷들을 빨거나 모래먼지를 잔뜩 뒤집어 쓴 몸을 씻어내려면 우선 마을에 있는 우물가에서 물을 길어와야 한다. 10리터짜리 물통을 들고 길잡이가 되어줄 뒷집 꼬마 숙녀와 길을 나선다. 가는 길에는 손이 닿는 곳에 잘 익은 망고가 있으면 따먹기도 하며 즐겁게 가지만, 돌아오는 길에는 어마어마하게 무거워진 물통을 들고 오느라 자꾸 지체가 된다. 방금 가득 채운 물통의 신선한 물을 금방이라도 엎지를 것만 같았기 때문이다. 그래서 집에서 별로 먼 거리도 아니건만 이 일은 족히 한 시간은 걸렸다. 정민 나이 정도가 된 우간다 여인네라면 우아하게 해낼 일을 뒤뚱거리며 어쩔 줄 몰라 하는 그녀의 모습 때문인지, 시간이 지날수록 뒤를 졸졸 따라오는 동네 꼬마들의 수가 늘어난다. 키득키득 숨죽여 웃으며 폴짝거리는 그 작은 맨발로 뒤를 따라오는 녀석들을 향해 정민이 갑자기 고개를 휙 돌리면, 자지러지며 도망가거나 그 자리에서 얼음처럼 굳는다.

꼬맹이들은 마치 무슨 놀이라도 되는 것처럼 그녀가 다시 돌아보길 바라며 '마중구, 마중구' 불러댄다. '마중구'는 스와힐리어로 '하얀 사람'이라는 뜻인데, 외국인은 우간다의 어딜 가나 마중구로 통한다. 그들은 그녀가 돌아보면 나무 뒤나 풀숲 사이로 숨기를 반복하면서 집으로 돌아가는 내내 길동무가 되어준다. 이제 이 소중한 물은 앞으로 며칠 동안 절약해가면서 샤워할 때도 쓰고 손빨래를 할 때도 써야 한다. 오후에 집으로 돌아오면, 이미 일찌감치 유치원을 마치고 돌아온 폴의 아이들 힐다와 벤자 그리고 뒷집에 사는 쌍둥이 형제 텐와와 와이소와, 그들의 여동생 베로니가 집 마당에서 저녁을 준비하고 있는 폴의 부인 올리비아 옆에서 흙장난을 치며 놀고 있다. 그들은 한달음에 뛰어나와 정민에게 매달려 같이 놀자고 졸라댄다. 조금 더 나이가 있는 텐와와 와이소와는 두 손을 가지런히 모으고 정중하게 '오수비 오티야? 냐보' 하며 우간다어로 안부 인사를 건넨다.

아이들에게 정민은 무료함을 달래줄 즐거움의 원천이었다. 외국에서 온 이모뻘의 처자는 늘 함께 놀아주고 신기한 노래도 많이 알고 있었고, 자신의 엄마들처럼 진지한 말투로 혼내는 법도 없었다. 그녀는 가족의 일원이 되어 정을 나누며 그들의 삶 속에 그대로 녹아들고 있었다. 날이 저물어 폴이 집으로 돌아오면, 간단한 저녁식사

를 마친 후 정민은 그와 몇 시간이고 모든 주제를 놓고 대화를 나누었다. 그렇게 또 하루를 보내고 마침내 아무것도 보이지 않는 어둠이 찾아들면 그녀는 모기장으로 둘러쳐진 침대 위 아늑한 자신만의 세계에 들어갔다.

깊은 어둠 속 긴 밤은 가장 외로운 시간이었다. 밖에서 들려오는 갖가지 동물들의 소리가 가끔은 섬뜩하기도 했다. 마치 여자의 비명과 같은 괴상한 소리는 짝을 찾는 박쥐가 만들어내는 것이었다. 어떤 날 밤에는 정체를 알 수 없는 바스락 소리가 머리맡에서 들려왔다. 수상한 소리에 잠에서 깬 정민은 처음에는 방 안에 도둑이 든 줄 알고 심장을 졸이고 있었는데, 갑자기 탁자 위에 있던 물통이 우당탕 바닥으로 떨어졌다. 깜짝 놀라 가지고 있던 손전등을 켜고 방 안 구석구석을 비추었지만 아무도 없었다. 여전히 바스락거리는 소리가 멈추지 않기에 보니, 모기장을 걸어놓은 천장의 줄을 타고 커다란 쥐 한 마리가 내려오고 있는 것이 아닌가? 다행인 건지 쥐는 침대 밑으로 기어나가 정민의 가방 위를 타고 넘더니 샤워장으로 이어지는 문틈 사이를 비집고 나갔다. 그 외에도 도마뱀, 두꺼비, 날개 달린 붉은 왕개미 떼 등 밤마다 그녀의 방을 찾는 것들은 수도 없이 많았다.

정민이 나랑고 중고등학교에서 가르치기 시작한 달은 '원 마일 클로저'를 통해 새로운 건물이 막 들어선 때였다. 학생이라곤 고작 세

명뿐이던 학교는 새로운 교실과 함께 더 많은 학생들을 받아들이게 되었다. 그래서 그녀가 처음 수업을 시작했을 때 65명의 학생이 새로 학교에 입학했다. 반년 후 그녀가 학교를 떠나게 되었을 때에는 학생이 총 220명으로 늘어 있었다. 그녀는 자신의 두 눈으로 지구 반대편에서 우리가 모은 기부금이 얼마나 큰 영향을 미치고 있는지 확인하는 특권을 누렸다. 1년이 채 안 되어 학교는 이미 학생들을 수용할 수 있는 교실이 충분하지 않게 되었다.

폴은 그런 상황에 굴하지 않고 학교의 향후 발전계획을 세웠다. 정민은 폴의 진실한 열정을 옆에서 목격했다. 그는 자신의 학생들과 나라의 변화를 위해서는 교육이 절실하다는 신념을 굽히지 않았다. 그는 직접 마을 곳곳을 돌아다니며 부모들을 만나, 자식들로 하여금 농사일을 돕도록 하기보다는 학교에 보낼 것을 설득했다. 그 모습을 보며 정민은 그동안 당연하게 여기고 살아왔던 모든 현대문명의 편의와 질 좋은 교육의 기회들을 누렸다는 것이 얼마나 운이 좋았는지 깨달았다. 평균적인 삶이라고 생각했던 그런 특권은 사실 이 세계의 소수만이 누릴 수 있는 호사였으며, 세상의 절반이 훨씬 넘는 인구는 배고픔을 겪어야 하고 제대로 된 교육을 받기 어려운 환경에 놓여 있다는 것을 깨달았다. 그녀는 그럼에도 불구하고 너무나 풍족한 우리가 반대로 얼마나 이기적이며, 각종 결핍에 시달리고 있는지 깨달았을 때 놀랄 수밖에 없었다. 공동체는 무너졌고 소외감으로 우울증

에 시달리며 물질만능주의에 빠져, 가지고 있으면서도 계속해서 더 가져야 하는 지독한 악순환을 반복한다.

그녀는 인간이 살아가는 데 사실 많은 것이 필요하지 않다는 것을 알게 되었으며, 주위 사람들과 함께 더 많은 시간을 보내며 서로의 삶을 나누는 것이 얼마나 큰 기쁨인지 알았다. 그것은 그녀가 어떤 위치에 있는 사람인지, 얼마나 많은 돈을 버는지, 얼마나 많은 것을 갖고 있는지 따위는 전혀 중요하지 않았다. 있는 그대로의 그녀를 사랑하는 사람들이 가득한 곳에서 그녀는 그 사람 자체, 그 사람이 가진 생각 외에는 중요한 것이 없다는 것을 알았다.

마침내 긴 기다림 끝에 내 품으로 돌아온 정민. 떠나보낸 곳과 같은 공항에서 다시 만났을 때 그녀는 변해 있었다. 분명 반년 전 작별의 인사를 건넸던 여전히 다정하고 명랑한 그녀였으나, 그 표현에는 이제 깊이가 있었고, 더욱 풍부한 관점을 갖게 되었으며, 좀 더 사려 있는 여자가 되어 있었다. 매일 아침 그녀는 살아 있음에 감사하며 세상이 주는 모든 감각의 아름다움을 느끼는 데 굶주린 듯했다. 다시 만나게 될 날을 하루하루 손꼽으며 보고 싶은 그녀를 기다리는 것은 몹시 힘들었다. 하지만 마치 몇 년간 휴면기에 있던 씨앗이 우간다라는 대지에서 영양분을 받고 마침내 세상에 싹을 틔워 자라난 것처럼 활기를 띤 그녀를 보는 것은 상상했던 것보다 훨씬 더 큰 기쁨이었다.

정민이 돌아온 지 벌써 몇 년의 시간이 흘렀다. 나랑고에서 보낸 시간에 대해 얘기할 때면, 그녀는 여전히 몇 주 전의 일처럼 생생하게 애정을 듬뿍 담아 이야기한다. 그곳에서의 경험을 통해 얻은 깨달음으로 새로운 문제에 직면했을 때 해결해 나가는 것을 보면, 한 인간으로서 그녀의 성장에 우간다의 그 작은 시골 마을에서의 시간이 큰 역할을 했다는 것은 명백해 보였다.

처음 정민이 나랑고에서 일하고 싶다는 바람을 내비쳤을 때 나는 쉽게 그녀의 의견에 동의하기 어려웠다. 그녀가 걱정되기도 했지만 아마 그녀가 없는 내 삶이 더 걱정되었던 것 같다. 가슴속 깊숙한 곳에서는 그녀가 내 곁에 있는 편을 바랐다. 그녀를 단념시키는 일은 쉬웠을 것이다. '안전'을 이유로 가지 못하게 설득한다거나 할 수도 있었을 테니까. 지나고 나서 보니, 내가 그때 그런 생각들을 입 밖에 내는 바보 같은 짓을 안 한 것이 다행으로 여겨진다.

위험에 빠지거나 실수를 저지른다 해도 스스로 선택한 자신의 꿈과 뜻을 펼칠 수 있는 시간과 자유를 준 것은 그녀의 존재 자체에 스며 있는 확고한 자신감과 독창성의 뿌리가 되었고, 그녀 앞에 새로운 문을 열어준 계기가 되었다. 그리고 나는 인정 많고 삶에 대한 열망이 넘쳐 언제나 내게 영감을 불어넣는 아내를 얻게 되었다.

방 황 할 자 유

| chapter 9 |

지금
이 순간

MOMENTS AND MEMORIES

MEMORIES

"

추억을 공유하는 것은
관계를 맺는 재료와도 같다.
특별한 추억들을 만들려는 의식적인 노력은
기억을 공유하게 함으로써
사람과 사람 사이를 더욱 단단하게 결속시킨다.

"

지 금 이 순 간

    심장이 쉴 새 없이 쿵쾅대고 두근거리는 통에 안절부절못하고 있었다. 나는 친구와 가족들이 앉은 자리들 사이에 난 길을 목을 쭉 빼고 흘깃거렸다. 여자들은 무지개 빛깔의 한복으로 예쁘게 단장한 채 물결처럼 흐르는 치맛자락을 바깥으로 돌려 잡고는 다소곳이 앉아 있었다. 남자들의 복장은 좀 더 보수적이었다. 잘 다려진 양복은 남색이나 회색, 검은색 일색이었지만 다양한 색상의 넥타이로 포인트를 주었다.

    다음으로 눈길이 간 것은 삼촌 쪽이었다. 스코틀랜드의 전통 복장을 갖춰 입은 그는, 태생을 나타내는 초록색 격자무늬의 킬트(전통적으로 스코틀랜드 남자들이 입던 모직으로 된 짧은 치마)에 무릎까지 올라

오는 하얗고 긴 양말, 베이지색의 조끼, 허리춤에는 킬트 앞에 매다
는 검은색의 작고 동그란 주머니. 확실히 눈에 띄는 독특한 스타일의
그는 나와 눈이 마주치자 장난기 어린 미소를 싱긋 지어 보였다. 삼
촌의 미소를 보자 기다리는 동안의 불안감이 좀 가시는 것도 같았다.

　그날의 사회자가 된 친구가 몇 마디를 건네니 비로소 실감이 났
다. 따뜻한 오후의 공기 속으로 라이온 킹의 주제곡 〈오늘 밤 사랑을
느끼나요?Can you feel the love tonight?〉가 퍼지기 시작했고, 내 인생의 또
다른 중요한 순간이 이제 막 시작되고 있었다. 하늘에는 얇은 실구름

이 드리워져 있었고, 간
간이 불어오는 산들바
람이 우리 주변을 둘러
싼 숲의 나뭇잎들과 머
리 위로 길게 매달아
놓은 삼각형의 번팅(축
하 행사 때 거리나 건물
을 장식하는 데 사용하는
깃발)을 상냥하게 흔들
고 있었다. 나무들 뒤편
으로 어른거리며 움직
임이 보이는가 싶더니,

귀여운 옷을 맞춰 입은 정민이의 어린 두 사촌이 손을 잡고 돌계단을 내려오는 것이 보였다. 그것은 신부 들러리와 신랑의 친구들이 짝지어 내려오는 행진으로 연결되었다. 쫙 빼입은 친구들이 여왕의 기사들처럼 좌석 가운데로 난 길을 따라 내려오더니, 무대 아래 내 양옆에 나란히 섰다.

그리고 드디어 정민과 그녀의 아버지가 시야에 들어왔다. 심장이 뛰는 걸 멈추는가 싶더니, 내 눈꺼풀 뒤로 행복감과 자부심에 젖은 눈물이 그렁해지는 것이 느껴졌다. 쏟아지려는 눈물을 참느라 애쓰며 나는 경이로움에 휩싸인 채, 빨간 고름이 저고리 밑으로 살짝 보이는 하얀색과 노란색이 어우러진 한복에 다홍색 신발을 신고 계단

을 사뿐히 내려오고 있는, 이제 아내로 맞이할 눈부시게 빛나는 그녀
를 바라보았다.

*

약혼반지는 영국의 보석 세공인의 도움을 받아 내가 처음부터 만
든 것이었다. 우선은 인도에서 한 쌍의 보석을 주문하는 것부터 시작
되었다. 그리고 내가 머릿속에 그리고 있는 반지의 모습을 스케치해
영국에 보냈다. 두 개의 보석이 각각 반대편으로 곡선을 그리며 물결
모양으로 생긴 반지 위에 나란히 기대고 서 있는 모습으로, 정민과
내가 삶이란 여정을 함께해 나가는 것을 상징했다. 나는 약혼이 우리
인생에서 단 한 번밖에 없는 순간이라는 것을 상기했다. 그래서 이
기회가 다시 할 수 없는 특별한 경험이 되기를 바랐다. 나는 힘든 순
간에도 우리를 끈끈하게 결속시키는 것은 되돌아보며 자랑스러워할
수 있는 소중한 추억들에서 나온다고 믿었으므로, 그러한 순간들을
계속해서 만들어내는 데 책임감을 느꼈다.

지난 3년 동안 내가 정민이라는 사람에 대해서 배운 모든 것들을
다시 한 번 낱낱이 훑어보았다. 그녀가 좋아하는 것과 싫어하는 것,
그녀의 꿈, 취미, 열정. 이 다양한 조합 속에 완벽한 프러포즈를 할 수
있는 궁극의 그 무엇인가가 있을 것이다. 나는 그녀가 여행을 사랑하
며 야외활동을 즐긴다는 것을 알고 있었다. 그녀는 깜짝 선물을 좋아

♥

하고 퍼즐을 즐기는데다, 지난 몇 년간 내가 만들어준 수수께끼의 열렬한 팬이기도 했다. 그리고 최근에는 영양과 좋은 식재료에 대해 관심을 갖고, 그것이 어떻게 건강한 삶을 만들 수 있도록 도와주는지에 대한 탐구심을 키워가는 중이었다. 이 서로 다른 조각들을 한데 모으면 하나의 화려한 모자이크가 완성될 것 같았다.

가장 힘들었던 부분은, 이 모든 것을 몰래 준비해야 했다는 것이다. 4개월이 넘는 시간 동안 계획은 천천히 완성되어갔다. 장소를 결정하고, 항공권을 끊고, 숙소를 예약하고, 또 무엇을 할지 등 준비해야 할 것이 한두 가지가 아니었다. 너무 많은 것들을 동시에 조정하다보니, 예기치 못한 장애물의 등장이 놀라운 것은 아니었다. 하지만 갑자기 예약한 항공편의 스케줄이 변경되었을 때는 계획된 다른 일정 전체를 취소해야 되는 위기에 처하기도 했다. 마지막 며칠을 앞두고 결국 원래의 항공편을 취소하고 새로운 항공사의 비행편을 예약해야 했을 때는, 그야말로 공황상태에 빠졌다.

드디어 출발하는 날이 다가왔을 때, 나는 정민을 만나기 위해 그녀의 사무실 밖에서 퇴근하기를 기다리고 있었다. 비행기 시간을 맞추려면 서둘러 공항으로 가야 했다. 정민은 자신의 생일을 축하하러 주말에 제주도로 가는 줄 알고 있었다. 적어도 서울을 떠나 있어야 하는 것쯤은 알고 있어야 필요한 옷 정도는 챙길 것이었다. 우리는 아슬아슬하게 시간을 맞춰 공항선에 자리를 잡았다.

나는 정민에게 내가 준비한 12개의 퍼즐 중 첫 번째 조각이 들어 있는 봉투를 건넸다. 퍼즐의 앞면엔 지난 몇 년간 우리가 함께 보낸 여러 순간들이 담긴 사진들이 있었고, 뒷면엔 내가 적어놓은 수수께 끼를 풀면 다음 퍼즐 조각을 찾을 수 있는 암호가 있었다. 정민은 첫 번째 조각 뒤에 있는 퀴즈를 금방 풀었다. 그것은 비행편의 번호였는 데 필리핀으로 향하는 것이었다.

"제임스, 문제 잘못 만들었잖아! 이거 제주도 가는 비행기 아닌데?"

나는 감도 못 잡고 있는 그녀를 보며 히죽히죽 웃다가 결국 사실 을 밝혔다.

"완전 근사해! 우리 둘 다 처음 가보는 곳이잖아!"

그녀는 온몸을 들썩이며 말했다. 다음 날 마닐라 공항을 빠져나오 는 차 안에서 그녀는 두 번째 퍼즐 조각을 찾았다. 이번 조각은 거대 한 화산 분화구가 있는 곳을 가리켰다. 바다처럼 보이는 커다란 원형 의 호수는 수백 미터가 둥그렇게 이어지는 숲으로 둘러싸여 있었다. 바로 그 호수 한가운데 있는 원뿔 모양의 섬의 분화구에는 또 다른 호수가 있었다. 우리는 필리핀식의 전동 카누를 타고 섬의 정상에 오 르기 시작했다. 그곳에서의 트래킹은 태평양의 다도해를 제대로 느 낄 수 있는 아주 신나는 경험이었다.

섬에서 나와 찾은 다음 퍼즐이 내린 지령은 우리가 묵게 될 장소

에 대한 것이었다. '농장'이라고 적혀 있는 그곳은, 윙윙거리고 웅웅
대는 생명의 소리들로 가득 찬 열대 정글 속 작은 규모의 사유지에
세워진 일종의 웰빙 센터 같은 곳이었다. 우연히 그곳을 찾은 나는
정민이 좋아할 것이라는 확신이 들었다. 단순하지만 개인 수영장까
지 갖춘 호화로운 전용 별장부터 거대한 무화과나무, 망고나무가 자
라는 자연스럽게 가꿔진 정원에서의 산책, 오직 직접 기른 채소로 요
리한 생채 음식만 나오는, 수상 경력이 있는 식당까지. 정민은 그곳
에서 요리수업을 받으며 다양한 맛과 질감을 표현하는 생식의 세계
에서 훌륭한 건강식을 경험하고, 화려하게 꾸며놓은 호수 옆에서 요
가도 배웠다. 저녁에는 스파에서 몸을 풀고 마사지를 받는 전에 없던
호사를 누렸다. 시냇가와 폭포가 흐르는 정원 곳곳의 숨겨진 길을 걸
을 때면 잘생긴 공작새들이 이리저리 배회하고 높은 야자수나무 사
이로 원숭이들이 요란하게 지나다녔다. 내가 상상했던 모든 것이 있
는 완벽한 환경이었다.

　마지막 날 저녁, 별장으로 돌아오는 길 양쪽에 켜진 촛불이 발코
니까지 이어졌다. 곧 한 웨이터가 저녁식사에 곁들일 와인 한 병과
전채요리를 들고 나타났다. 정민은 뭔가 특별한 순간이 왔음을 감지
한 것 같았다. 나는 이쯤이면 정민이 모든 것을 눈치채리라는 것을
예상했다. 그래서 마지막 반전을 준비했다. 신선한 망고향이 가득한
디저트의 마지막 한 수저까지 끝냈을 때, 나는 그녀에게 테이블 밑에

두었던 벨벳으로 두른 사각형 상자를 건네었다.

"생일 축하해."

나는 속삭였고 그녀는 내 손에 들린 상자에 시선이 고정되어 있었다. 나는 꽤 큰 사이즈의 상자에 약간 고개를 갸우뚱하는 그녀를 보았다.

"얼른 열어봐."

나는 재촉했다. 그녀는 손가락으로 더듬거리며 상자의 걸쇠를 열어젖혔다. 그 상자 안에는 특별히 제작된 목걸이가 들어 있었다! 지구 모양의 동그란 장식과 그 주위를 도는 궤도를 표현한 은색의 링, 그리고 달을 상징하는 하얀 사파이어가 박힌 반지였다.

"달까지 사랑해!"

정민의 얼굴은 여러 가지 감정들로 복잡해 보였다. 미소를 지어야 할지, 실망을 해야 할지, 눈물을 흘려야 할지 모르는 표정이었다. 그녀는 한 박자 늦게 "고마워" 하고 말하더니, 비로소 목걸이를 한번 해보려고 했다. 나는 내 작전이 정확하게 맞아들어간 게 너무나 즐거웠다. 이제 헛기침을 한 번 하고는 다시 한 번 그녀에게 힌트를 줄 차례였다.

"상자 안에 또 뭐가 있는 거 아냐?"

나는 짐짓 모른 체했다. 상자의 안감을 들어내자 마지막 퍼즐 조각이 나타났다.

"이제 거의 다 모은 것 같은데……?"

나는 궁금증을 자극하며 말했다. 그녀는 고개를 끄덕이더니 축 처진 어깨를 추스르고, 전에 찾은 다른 조각들을 전부 그러쥐고 흐릿한 불빛 아래서 하나하나 맞춰가기 시작했다. 나는 쏜살같이 욕실로 들어가서 미리 얼음통에 담가둔 영국산 샴페인을 그녀가 퍼즐을 다 맞출 때를 기다려 들고 나왔다. 모든 조각이 하나의 그림을 이루었다. 완성된 퍼즐에는 흐릿한 글씨로 적어둔 말이 있었다.

"나랑 결혼해줄래?"

정민이 소리내어 읽었을 때 나는 한쪽 무릎을 꿇고 작은 상자를 하나 내밀었다. 그녀는 눈물을 글썽였지만 입가에는 미소가 번졌다.

"야! 놀리니까 재밌냐?"

소리를 빽 지르더니, 곧 나를 가만히 끌어안고는 내가 그토록 기다리던 대답을 속삭였다.

"Yes."

*

한 해 동안 '그날'을 위해 적당한 장소를 찾느라 곳곳을 뒤졌다. 우리는 전형적인 틀에서 벗어나 좀 더 자유로운 결혼식을 계획하고 있었다. 그리고 실내보다는 싱그러운 초여름 날씨를 만끽할 수 있는 야외에서 식을 올리고, 몇 시간 안에 끝내기보다는 오후부터 시작해

그날 저녁 내내 파티가 이어지기를 원했다. 야외결혼식을 할 수 있는 조건이 갖추어진 여러 곳을 방문했지만, 우리 생각을 수용할 곳을 찾기가 쉽지 않았다. 표준화된 형식에서 벗어난 결혼식은 아예 불가능하거나, 또 그것이 가능하다 해도 갑절이나 되는 비용을 지불해야만 했다.

　우리는 결혼이라는 '사업'을 하는 사람들의 융통성이나 창의성 결핍에 실망했다. 그들은 오히려 자신들이 상품화한 기존의 결혼식을 우리가 '구매'하도록 설득하려 했다. '이건 우리를 위한 날인데…….' 나는 이해할 수 없었다. 어떻게 다른 누군가가 이렇게저렇게 해야 한다고 우리에게 지시하고 그들의 진부한 조언을 받는 대가로 지나치게 비싼 값까지 지불해야 한단 말인가. 우리 예산 안에서 계획한 대로 결혼을 진행하려면, 필요한 모든 조각을 우리 손으로 직접 하나씩 맞추어가야 했다. 그것은 쉽지 않은 일이었다. 나는 졸업을 앞둔 마지막 학기에 논문을 쓰느라 바빴고 정민은 다니는 회사에서 바쁜 시기를 맞고 있었다.

하지만 우리는 특별한 날을 만들기로 결심했고, 그날의 시작부터 끝까지 우리가 원하는 대로 꾸려가고 싶었다. 그것을 가능하게 할 유일한 해결책은 우리의 친구와 가족들에게 받을 수 있는 모든 도움을 받는 것이었다. 우선 나는 수채화를 취미로 삼고 계신 은퇴하신 할아버지께 결혼식 청첩장을 디자인해달라고 말씀드렸다. 정민은 플로리스트가 되기 위해 공부하고 있는 친한 친구에게 결혼식에 필요한 모든 꽃장식을 해달라고 부탁했다. 내 베스트맨을 맡게 될 세훈이 형에게는 결혼식 날 저녁의 대미를 장식할 밴드를 찾아봐달라고 말했다.

그러는 중에도 우리는 여전히 적당한 장소를 찾기 위해 애쓰고 있었다. 주말이면 오늘은 꼭 예쁜 야외 장소와 우리의 아이디어를 이해할 수 있는 사람을 만나게 되길 바라면서, 서울 이쪽 끝부터 저쪽 끝까지 다니며 후보지를 물색했다. 한겨울 어느 주말, 우리는 서울의 동쪽 끝에서 1시간 남짓 떨어진 남양주 마석의 작은 동네로 가는 지하철에 몸을 실었다. 차가운 겨울 공기에 오들오들 떨며 우리는 마석역 밖에 서 있었다. 이윽고 차를 타고 우리를 마중나온 게스트하우스

주인 아주머니의 남편이 왔다. 산꼭대기에 위치한 그 게스트하우스에 가려면 좁고 가파른 산 위의 도로를 거쳐가야 했다. 게다가 바닥엔 얼음이 얼어 차가 미끄러지지 않을까 조마조마하기까지 했다.

접근하기 쉽지 않은 그곳을 택한 것이 시간 낭비는 아닐까 싶었다. 우리가 그곳에 도착했을 때에는 온통 하얀 눈으로 덮여 있었기 때문에 한여름에는 어떤 모습일지 그려보기 어려웠다. 일단은 매우 널찍한 야외 공간을 갖추고 있었고, 그것은 다시 나무들이 자라고 있는 바위 둑을 기점으로 높은 층과 낮은 층이 구분된 독특한 형태를 띠고 있었다. 게스트하우스 건물 자체는 매우 현대적이면서 깔끔했고, 영국과 지방에서 오게 될 우리 가족과 친지들이 지낼 방도 충분했다. 늦게까지 진행되는 결혼식을 마치고 가족과 친한 친구들이 하룻밤 묵어가기를 바랐던 것까지 해결할 수 있었다.

이곳저곳을 둘러보고 주인아주머니와 한 자리에 앉았을 때 우리의 결정은 확고해졌다. 화가인 그녀는 매우 쾌활한 성격의 소유자로, 우리의 결혼식 아이디어를 듣자마자 찬사를 쏟아부었다.

"저기 소나무 숲으로 둘러싸인 아래쪽 잔디밭에 있는 무대에서 식을 올리면 좋겠네요."

그녀는 창문 밖으로 눈에 묻힌 타원형의 단상을 가리켰다.

"그리고 식사는 여기 위쪽에 있는 잔디밭에서 하는 게 어떻겠어요?"

그러면 식장과 식사 장소가 확연하게 구분되었다.

"아, 그리고 식사가 끝나면 다시 아래로 내려가서 라이브 뮤직과 함께 파티를 하면 되겠네요!"

그녀는 우리보다 더 신이 나서 얘기를 이어갔다. 그녀는 우리가 원하는 바를 진정으로 귀기울여 들어준 첫 번째 사람이었다. 계획표를 하나하나 짚어가며 우리가 정말로 기억에 남는 특별한 하루를 만들 수 있도록 격려했다. 몇 달 후, 정민과 나는 사랑하는 가족과 친구들이 동시에 한 자리에 모이는 특별한 순간을 완벽하게 만들 수 있었다.

우리는 식 자체를 신랑 신부의 부모님과 친구들이 모두 참여할 수 있도록 구성했다. 친구들은 앞에 나가 결혼식에 어울리는 짧은 글과 시를 읽었고, 부모님은 우리에게 당부하고 싶은 말을 적은 편지를 읽어주셨다. 따로 주례가 없어도 우리가 성장할 수 있도록 도와준 가장 가까운 가족과 친구들에 의해 식은 무리없이 진행되었다. 차례대로 한 명씩 우리 앞에 선 그들은 신중하게 고른 한 마디 한 마디를 읊어 내려갔다. 그리고 우리는 서로를 위해 비밀리에 준비한 것을 공개했다.

우선 정민이 먼저 나를 위해 선택한 아름다운 시를 선물했다. 나는 자리에서 벌떡 일어나 한쪽에 숨겨둔 기타를 꺼내 들었다. 지난

지 금 이 순 간

두 달간 정민이 눈치채지 못하게 틈틈이 기타 연습을 해둔 터였다. 나는 서툰 기타 연주에 맞추어 준비한 노래를 한 곡 불렀다. 중반 정도가 되었을 때 왠지 음이 잘 맞지 않아 노래는 이상한 방향으로 전개되었다. 감동의 도가니가 되어야 할 순간에 정민을 포함한 하객 전체가 웃음을 참지 못하게 되었지만, 내 노력은 후한 점수를 받았다. 끝까지 노래를 부른 것만도 다행이었다.

마지막 순서는 혼인서약서 낭독이었다. 내가 영어로 한 문장을 읽으면 곧바로 정민이 한국어로 따라 읽었다.

"저는 당신을 아무런 조건도 없이, 조금의 주저함도 없이 사랑합니다. 저는 당신을 사랑하고 격려하고 신뢰하고 존경할 것을 맹세합니다."

그리고 우리는 마지막 문장을 함께 읽어 내려갔다.

"저는 당신을 보살피고 당신의 편에 서며 지금 이 순간부터 앞으로의 날들, 제 삶의 모든 날들에 있을 역경과 기쁨의 순간들을 당신과 나눌 것을 서약합니다."

내 두 뺨에 마침내 뜨거운 눈물이 흐르는 것을 느끼며 결혼반지를 꺼내 들었다. 9개월 전 정민의 가느다란 손가락에 끼워준 약혼반지와 꼭 맞게 디자인된 결혼반지가 제자리를 찾는 순간이었다.

*

　새로운 경험을 하는 것, 순간순간을 사는 것은 늘 내 인생의 중요한 화두가 되어왔다. 이것이 내가 모험을 즐기는 이유 중 하나이기도 하다. 친구들과 함께 절벽 위의 밧줄에 매달리거나, 눈보라 속에서 자전거를 탈 때와 같은 순간의 기억은 내가 가진 그 어떤 물건보다 소중한 것이다.

　추억은 우리의 우정을 더욱 단단하게 엮어주고, 우리로 하여금 끊임없이 회상에 잠겨 함께했던 특별했던 순간들을 떠올리며 웃음짓게 만들어준다. '이렇게 함께한 기억이 없다면 내가 가진 관계들에 무엇이 남을까'라는 생각을 하다보면, 가까운 이들과 추억을 만들어가는 일이 우리의 정체성을 결정하고 상대방과 교류를 하는 데 가장 결정적인 역할을 한다는 것을 깨닫는다.

　우리가 계속해서 친구나 가족들과 기억할 만한 순간들을 만드는 노력을 기울이지 않는다면, 기억들은 그냥 흩어져버리고 순간들은 지나간 일 중 하나로 흐릿하게 잊혀질 것이다.

　물론 살아가면서 별다른 노력 없이도 기억할 만한 일들이 자연스럽게 일어나기도 한다. 그것은 다가오는 것조차 전혀 알아챌 수 없지만, 영원히 한 사람의 이야기 속에 새겨진다. 우리는 그 순간들을 절대 잊을 수 없으며, 그 장소나 함께한 사람들까지도 영원히 뇌리에 남아 있게 된다. 그 반면, 우리는 무수히 많은 순간들을 특별하게 만들지, 아니면 그렇게 하지 않을지 직접 결정할 수도 있다. 바로 그런 순간들이 우리 스스로의 삶을 풍부한 경험들로 채울 수 있는 기회이며, 그 순간을 나누는 사람들과의 관계도 견고하게 다져나갈 수 있는 밑거름이 된다.

당신이 프러포즈를 할 때 어마어마한 노력을 기울여야 된다거나 굉장히 특별난 결혼식을 치르려 애써야 된다는 것이 아니다. 이것은 단지 사랑하는 사람과의 단 한 번뿐인 순간을 잊지 못할 추억으로 만드는 한 예일 뿐이다. 우리는 의식적으로 이러한 순간들을 만들기 위해 노력했다. 이렇게 나눈 추억은, 둘뿐만 아니라 함께한 모든 친구, 가족들까지도 즐거웠던 그 시간을 그리워하며 우리를 하나로 결속시키는 역할을 했다. 만약 아끼는 사람이 있다면, 당신만의 독창적인 방법으로 좀 더 말도 안 되고, 모험적이며, 바꿀 수 없는 그 무언가를 함께할 기회를 놓치지 말아야 한다. 그 순간들만이 당신의 관계를 계속해서 단단히 지속시키는 전부가 되기 때문이다.

✷

글을 마치며

━━━

　인생이란 만들어가기 나름입니다. 모든 사람들은 제각기 다른 출발선에 서 있고, 서로 다른 능력과 재주, 성공의 정의를 갖고 있습니다. 한 사람이 기량을 발휘하여 자신만의 길을 걸어가는 것은 마치 개개인이 가진 지문만큼이나 다양하고 고유합니다. 다른 사람들이 아무리 노력한다 해도 당신의 꿈을 대신할 수는 없습니다. 다른 사람에 의해 세워진 목표는 당신의 내면에서 스스로 찾아낸 동기와 영감의 힘을 따라올 수 없기 때문입니다. 누구나 추구하는 바가 다르고 다른 능력을 가지고 있으므로, 우리 자신을 다른 어떤 이와 비교한다는 것은 아무 의미가 없고 오히려 자신의 인생에 해가 될 수 있습니다. 따라서 '다른 사람이 가지고 있는 재능이 왜 나에게는 없을까'라고 한탄하기보다 자신이 가진 강점을 찾아내는 데 집중하는 편이 훨

썬 더 생산적입니다. 결코 다른 사람을 무시하라는 의미가 아닙니다. 당신과 마찬가지로 다른 사람들도 모두 고유한 인격체이기 때문에 굳이 자신을 비교하는 척도로 사용할 필요가 없다는 뜻입니다. 주위의 사람들은 인생을 살아가는 데 매우 중요하지만 당신 자신은 아닙니다. 자신의 능력에 대해 확신을 가지세요. 바로 그 능력이 당신이 선택한 꿈을 이루는 길로 이끌 테니까요.

제게는 열일곱 살 즈음이 스스로의 삶에 대해 결정을 내리기 시작했던 때인 것 같습니다. 그 당시 저는 운동에 어느 정도 소질이 있었지만 다른 대부분의 친구들과 마찬가지로 내가 정말로 하고 싶은 것에 대해서 깊이 생각해보지 않은 평범한 고등학생이었습니다. 주위에는 의사가 되고 싶은 친구도 있었고, 과학자나 예술가가 꿈인 친구들도 있었습니다. 하지만 저는 고등학교 내내 친구들과 어울리기 좋아하는 평범하고 행복한 학생이었습니다. 그런데 어느 날 갑자기 저를 흥분시키는 번득이는 영감을 만났고, 그저 그것이 이끄는 대로 따라갔을 뿐입니다. 처음에는 그냥 이루고 싶은 하나의 꿈으로 시작했는데, 시간이 지나면서 그것은 그 길에서 발견되는 모든 것을 포함한 여정 그 자체가 되었습니다. 중요한 것은 제게 어떤 별난 점이나 비범함이 있었던 게 아니라는 것입니다. 저의 이야기는 열두 살에 일류대학에 들어갔다는 영재나 대대로 유명한 산악인을 배출한 집안의 자제 이야기도 아닙니다. 그것은 당신에게도 이룰 수 없을 듯한 꿈을 좇을 능력이 있다는 뜻이며, 집요하게 그 열정을 따른다면 마침내 그 꿈의 마지막 장을 볼 수 있게 될 것입니다. 하지만 그 과정에서 계획에 없었던 역경이나 혹은 뜻밖의 다른 기회를 만나게 된다면, 두려워 말고 방향을 바꾸십시오. 제가 지금까지 이루어낸 일 중 가장 자랑스러운 것은, 바로 제 친구 롭과 앳킨슨을 추모하기 위해 시작한 '원 마일 클로저(One Mile Closer)'입니다. 제가 이런 일을 하게 되리라고는 상상도 못 했지만, 두 친구를 잃고 난 뒤 인생의 갈림길에 섰을 때 이 선택이 옳다는 것을 깨달았습니다.

2009년 첫 '원 마일 클로저'를 마치고, 2012년에는 남부 프랑스의 프로방스에서 영국까지 달리는 두 번째 '원 마일 클로저'를 끝냈습니다. 2014년에는 체코에서 시작된 세 번째 여정을 성공적으로 마쳤습니다. 자전거로 달리는 동안 우리는 많은 친구들과 또 그 친구의 친구들을 모험의 세계에 초대했습니다. 그리고 롭과 앳킨슨의 삶에 대해 나누었습니다. 우간다의 나랑고 중고등학교에는 현재까지 총 1억 원이 넘는 기부금이 전달되었고, 계속해서 성장하고 있는 학교를 위해 모금이 이어지고 있습니다. 3명의 학생으로 시작된 나랑고는 2015년 현재 700여 명의 학생들이 교육의 혜택을 받을 수 있게 되었고, 우간다에서 상위 30퍼센트 안에 들어가는 학교로 성장했습니다.

이와 같이 '원 마일 클로저'가 많은 이들에게 놀라운 영향력을 끼치게 되어 저는 정말 기쁩니다. 다가오는 2015년 9월, 드디어 한국에서 진행되는 '원 마일 클로저'를 통해 새로운 한국 친구들과 모험을 하게 되었습니다. 이것이 바로 제 친구들이 남기고 간 유산입니다. 더 많은 사람들이 자신만의 모험을 떠날 수 있도록 설득할 수 있기를 바랍니다.

아마 당신의 여정은 제 것과는 완전히 다를 것입니다. 제가 감히 첫 번째 단계를 말씀드려도 될까요? 이 책을 던져버리고 인생이라는 모험에 직접 뛰어드세요!

2015년 8월
제임스 후퍼

원 마일 클로저

초판 1쇄 인쇄 2015년 8월 20일
초판 2쇄 발행 2015년 9월 16일

지은이 제임스 후퍼
옮긴이 이정민, 박세훈
펴낸이 김선식

경영총괄 김은영
마케팅총괄 최창규
기획·책임편집 이은 **디자인** 문성미 **마케팅** 이상혁
콘텐츠개발2팀장 김현정 **콘텐츠개발2팀** 임지은, 백상웅, 문성미, 윤세미
마케팅본부 이주화, 이상혁, 최혜령, 박현미, 이소연
경영관리팀 송현주, 권송이, 윤이경, 임해랑
일러스트 문지혜

펴낸곳 다산북스 **출판등록** 2005년 12월 23일 제313-2005-00277호
주소 경기도 파주시 회동길 37-14 3, 4층
전화 02-702-1724(기획편집) 02-6217-1726(마케팅) 02-704-1724(경영관리)
팩스 02-703-2219 **이메일** dasanbooks@dasanbooks.com
홈페이지 www.dasanbooks.com **블로그** blog.naver.com/dasan_books
종이 한솔피엔에스 **출력·인쇄** 갑우문화사 **후가공** 이지앤비 특허 제10-1081185호

ISBN 979-11-306-0607-1 (03810)